Biblioteca Universale Rizzoli

Enzo Biagi in BUR

Enzo Biagi

LETTERA D'AMORE
A UNA RAGAZZA DI UNA VOLTA

SAGGI

Proprietà letteraria riservata
© 2003 RCS Libri S.p.A., Milano

ISBN 88-17-00290-9

Prima edizione BUR Saggi: settembre 2004
Terza edizione BUR Saggi: febbraio 2006

Per conoscere il mondo BUR visita il sito **www.bur.rcslibri.it** e iscriviti
alla nostra newsletter (per ulteriori informazioni: **infopoint@rcs.it**).

Lettera d'amore
a una ragazza di una volta

«Presto la sera verrà
svanendo il ricordo di anni lontani.»

Rainer Maria Rilke

«A un tratto ho sentito quanto lunga
è la vita. Forse la vecchiaia prende
tutti alla sprovvista. Non si esauriscono
le passioni, ma soltanto le forze.»

Il'ja Erenburg

«Perché questo è il dolore della vita:
che per essere felici bisogna essere in due.»

Edgar Lee Masters

Cara Lucia, non ho altro mezzo per rivolgermi a te e ti scrivo una lettera che non leggerai mai. Ma è un modo per stare ancora un po' con te: quei sessantadue anni sono passati così in fretta e tu eri una ragazza con un cappellino marrone, un golf a strisce grigie e marrone e una bella faccia pulita.

Sessantadue anni: sono più di ventiduemila giorni. A scriverlo appaiono un'eternità, un tempo quasi infinito, eppure ora, mentre li guardo da lontano, mi sembra che siano stati brevi, troppo brevi. Sono passati così velocemente che non c'è stato, per noi, nemmeno il tempo per commettere gli errori della giovinezza. Il destino ha voluto che la nostra generazione abbia dovuto affrontare anni tragici e drammatici: la guerra, ad esempio. È vero: «Sono così brevi i giorni dei vent'anni». Lo ha detto Renato Serra che morì, nel 1915, su Podgora. Ed è stato così anche per noi.

Ora tu mi hai lasciato e poco dopo ti ha seguito anche Anna, la nostra ultima figlia, aveva soltanto quarantasette anni. Ormai buona parte della mia vita – sto giocando i tempi supplementari – è fatta di ricordi. Io mi ritengo un superstite e, per rivivere la nostra storia, non mi rimane che la memoria.

Non so più chi l'ha detto, ma mi sembra vero: «I ricordi sono la nostra fortuna: c'è in loro tutta la bellezza del mondo. Odio il pensiero di perderli, di lasciarli svanire».

Già, chi non ha memoria non ha vissuto. Sono come un film montato senza seguire un filo di racconto: basta una goccia che scivola sul vetro, il sorriso di una ragazza, l'odore nauseante dei fiori che marciscono; si pensa alla morte. O a un nome.

Una volta, scherzando con un amico, dissi che il tempo che mi aspettava si poteva misurare anche in panettoni: tenendo conto delle statistiche allora ero ancora in credito con l'esistenza di sei o sette. Oggi quanti ne rimangono?

Nei miei ricordi, per quanto riguarda la cosiddetta «vita professionale», non c'è rimpianto; sono sicuro di avere ricevuto più di quello che mi aspettavo. Ho visto il mondo, ho incontrato gente e devo molto al mio prossimo. Ma il destino è stato crudele con me, e mi ha fatto pagare tutto, quando tu e Anna mi avete lasciato.

Sorridevi, lo sai?, quando ti dicevo che qualche notte, quando il sonno tardava a venire, facevo gli appelli; una terza B, un battaglione allievi ufficiali: da Abbondanza, era così bravo in matematica, a Zanelli Dario, giornalista. Già allora molti, troppi risultavano per sempre «assenti giustificati».

Adesso, che il sonno non può più consolarmi, voglio parlarti, scriverti questa lettera perché i nostri giorni – miei, tuoi e delle nostre figlie – non vadano perduti, perché la nostra storia e la nostra separazione hanno dimostrato come avesse ragione quel poeta che scrisse: «Questo è il dolore della vita: che si può essere felici solo in due».

I

UN PAESE DI NOME PIANACCIO

Cara Lucia, la mia nascita è una conseguenza del primo conflitto mondiale. I reduci, scampati alla morte, riacquistavano fiducia nella vita. Forse mio padre non l'aveva mai persa perché, da sergente, comandava un reparto della sussistenza. Portava i rifornimenti alla prima linea, ma si fermava lì soltanto lo stretto necessario.

Sono nato a Pianaccio, frazione di Lizzano, al confine tra l'Emilia e la Toscana. Quando venne il momento, il babbo andò a chiamare la levatrice, come usava allora, e annunciò poi con esultanza ai parenti: «È un maschio!». Suonavano le campane: era mezzogiorno.

Pianaccio: non cercate il suo nome sulle carte geografiche: ha un campanile, un ufficio postale, un cimitero. Non ha più una scuola né un parroco. La canonica è stata venduta: arriva un prete la domenica e per le feste, dice messa e se ne va. Ha due torrenti, ma il mulino non macina più.

D'inverno si contano quaranta abitanti: ma c'è un Caffè Gentilini (miei parenti) e c'era un Ristorante Biagi (mio cugino): ora è chiuso.

Per questo, nella zona, il mio nome gode di una certa notorietà. Nel cimitero una croce di legno ricorda un Ing. Enzo – mio zio – e molti altri si chiamano come me. E tu e Anna avete deciso, per me troppo presto, di unirvi a loro...

In una storia delle parrocchie della Diocesi di Bologna (Tipografia di San Tommaso d'Aquino, 1851) ho letto che «non ha civile storia il popolo del Pianaccio», perché «negli andati secoli non fu che una semplice borgata». Il comune, infatti, è Lizzano in Belvedere; trovai, una volta, in Germania un'antica mappa dell'Appennino: lo chiamavano Lizzan Matto.

Da qui, forse, certe nostre caratteristiche sulle quali sarebbe opportuno sorvolare. Siamo sugli Appennini, l'ho detto, al confine tra l'Emilia e la Toscana: chi è venuto, tanti e tanti anni fa, a cercare rifugio in fondo a una gola, tra due fossi, dove il fondo scompare presto, da cosa fuggiva, da chi era inseguito?

Ho pensato che allora tra i boschi di castagni e le macchie di faggi venivano a cercar rifugio i banditi.

Uomini con le lunghe barbe nere vestiti di fustagno, con l'accetta e l'archibugio: e le loro donne, pallide e silenziose, filavano la lana, badavano alle pecore, allevavano i bambini che sapevano distinguere le impronte della volpe ed era primavera quando le aquile insegnavano ai loro piccoli a volare dal nido per andare a cacciare le bisce.

Forse un giorno le felci e le erbacce sommergeranno tutto: e i rampicanti che soffocano gli arbusti copriranno la lapide dei caduti.

Chissà chi erano i miei antenati: mi piace pensare a fuggiaschi, perseguitati per qualche nobile causa, che vennero a nascondersi quassù, con qualche straccio, qualche pignatta e molti bambini.

Tra loro, ci furono di certo due preti, e due lapidi li ricordano ai lati dell'altar maggiore: don Marco Biagi «che dopo molti dibattimenti e molte spese» ottenne dall'arcivescovo un cappellano, e poi don Floriano Biagi, «esempio e luce di carità evangelica, e vero tipo di patrio amore», che lasciò 1680 scudi perché la cappella diventasse parrocchia, e dedicata ai santi Giacomo e Anna.

E di Pianaccio era anche un altro sacerdote, Giovanni Fornasini, che giovanissimo prese gli ordini: un pretino magro, che portava fasci di legna ai malati e faceva compagnia ai vecchi o insegnava ai più piccoli i giochi e la dottrina.

Lo mandarono curato dalle parti di Marzabotto. Si era salvato dall'eccidio, ma volle tornare indietro e corse in bicicletta dai suoi parrocchiani perché aveva sentito dire che i tedeschi li volevano ammazzare. Pedalò affannosamente per arrivare giusto in tempo a farsi fucilare con loro. Gli hanno dato una medaglia d'oro e intitolata la piazza, che una volta era piazza Impero, perché, in qualche momento, siamo anche smodati.

La maestra della scuola era la mia nonna materna, Giuseppina. Insegnò quarantaquattro anni, tre classi alla volta, e le diedero alla fine la medaglia d'oro. I banchi erano di legno, con il calamaio di porcellana bianca, si usavano penna e carta assorbente, e il gesso strideva sulla lavagna. I miei compagni erano figli di boscaioli e di terrazzieri e i padri passavano l'inverno a far carbone in Maremma e in Sardegna. Tornavano in primavera, con i pastori: mi pare di risentire l'abbaiare dei cani dal pelo bianco che spingevano il gregge e il suono dei campanacci dei montoni.

Posso dirlo? Brava gente, quelli di Pianaccio. Hanno costruito strade in Persia, scavato miniere e abbattuto foreste in Sardegna. Poche pretese, un piatto di polenta, formaggio e, la domenica, un unto di pancetta insaporito con l'aglietto selvatico. Hanno spazzato strade a Chicago, coltivato rose in Germania, sgobbato a Roma: manovali, portinaie, cameriere. Unici divertimenti: sigarette fatte con il trinciato e una sbornia la domenica.

Forti bestemmiatori, portavano in processione la statua di terracotta colorata di san Giacomo e campavano con la fiducia nei santi e grazie a quella dei bottegai, che per mesi davano pasta, olio, zucchero e surrogato del caffè (e segnavano nel libretto), arrabbiati con la vita e rassegnati alla morte.

I miei compaesani hanno l'aria e la faccia di quelli che pagano le tasse, che hanno fatto tutte le guerre e conservano ancora la buonafede e la voglia di discutere – anche in questi tempi – le notizie del telegiornale. In genere, nessun avvenimento o minaccia riesce a mettergli paura. Quando uno sta proprio male, e si sa che non c'è più niente da fare, le campane suonano con lenti rintocchi; la gente si segna e dice: «Sta andando in Toscana».

Non ho mai sentito parlare di ladri: tra l'altro non c'è niente da portar via.

Nelle case c'era sempre un soffuso odore di pecorino e di vernaccia, e calendari di panifici di Cagliari, con donne brune con una rosa nei capelli.

C'erano le vedove della prima guerra mondiale, sempre vestite di nero, non si risposavano non per fedeltà alla memoria del caduto, ma per non perdere la pensione. Erano delle privilegiate.

L'autunno e l'inverno, quando ero bambino, erano le stagioni che più amavo. Venivano le donne a veglia, sbucciavano le castagne e recitavano il rosario. Facevano l'amore solo da aprile a settembre e restavano incinte, perché poi i mariti partivano in cerca di lavoro. E poi c'erano le vecchie, che tessevano la lana con telai di legno e si abbandonavano ai racconti: storie di ragazze, di banditi, di disertori della Grande Guerra che chiedevano una pagnotta e di non essere denunciati. Mia madre ne incontrò nei campi di Fiammineta uno dalla barba nera e dagli occhi spiritati. Le disse: «Non voglio morire». Poi s'infilò nella macchia dei faggi e sparì.

C'erano anche riti magici: la zia Eva sapeva togliere il malocchio. Versava un po' d'olio in un piattino e recitava le formule che potevano essere trasmesse ad altri solo in certe notti: mi pare quella di Natale.

Poi le ragazze sapevano leggere i segni dell'acqua ghiacciata in una scodella esposta sul davanzale la notte di Tutti i Santi. Si potevano intuire i destini dei legami amorosi. Ogni tanto arrivava, ospite di mia madre, la signora Ersilia, una vedova che gradiva l'ospitalità e la ricambiava facendo le carte e leggendo la mano. Ricordo che ogni tanto diceva: «Ecco, c'è l'Angelo», e il volto di chi aspettava un responso sul destino s'illuminava.

Qualche volta veniva a veglia anche un vecchio che si chiamava Virgilio, rubacchiava un po' di legna, ma era solo e aveva tanto bisogno. Lo avevo visto spennare due falchetti per arrostirli.

Nessuno protestava: era come se lo avessero autorizzato. Mio padre lo invitava sempre a pranzo il giorno di Natale e lui arrivava con la camicia pulita e un sacco di ciocchi di faggio.

A me piaceva perché aveva sempre tante storie da raccontare. Diceva: «Se incontri il lupo, non devi voltargli le spalle: guardalo negli occhi, non fargli capire che hai paura. E non scappare perché lui è più veloce di te».

Sapeva tutto degli animali e dei fiori, perché la montagna era il suo mondo. Aveva un binocolo, glielo aveva regalato un ufficiale alla fine della guerra, e passava ore a scrutare il cielo, specialmente nelle stagioni di passo. Le aquile, mi spiegava, vengono dalla Russia e tornano sempre allo stesso nido, fanno due uova, ma allevano solo un piccolo: l'altro deve arrangiarsi. Capita anche agli uomini.

Non gli piaceva il cuculo – aveva delle simpatie e io le ho ereditate – perché è uno sfruttatore: non fa il suo nido, ma si piazza in quello delle passere. E poi considerava il cervo troppo orgoglioso perché le corna sono un simbolo di dominio e, a differenza di quello che significano per noi, di superiorità sessuale.

Quando arrivava la bella stagione, e spuntavano le primule e i giacinti selvatici, blu violetto, rosa, bianchi, ne portava alcuni mazzetti alla serva del prete. Che ci pensasse lei, lui non faceva distinzione fra i santi.

Pianaccio fa parte di una piccola Italia sconosciuta, che si accontenta di poco perché ha fatto l'abitudine a non avere mai niente e conserva ingenui ideali: se votava Dc si sentiva cristiana, se votava Pci si sentiva più giusta.

Non è un mitico paradiso: scoppiano liti furibonde per un paniere di castagne o per un confine nel bosco che magari i temporali hanno spostato, ma i problemi si riducono all'essenziale.

I pianaccesi affrontano la bufera di neve per andare a prendere il medico condotto, o a chiamare la levatrice, o per salvare un cervo rimasto prigioniero del filo spinato. Si danno il cambio per assistere un malato e non negano l'elemosina a nessuno; allo scemo che imita il chicchirichì del gallo o all'eremita che vive di solitudine e di carità.

Noi abbiamo due Madonne da portare in processione: quella dell'Acero e quella del Faggio. Hanno strane facce segnate dalla fatica e dal dolore. Non le pensi in estasi mistiche, ma che lavano un bambino nella tinozza o infilano pagnotte nel forno, e sulla testa, invece che all'aureola, immagini una fascina di stecchi.

Dicono che l'acero fu piantato alcuni secoli fa da un crociato che se lo era portato dietro dalla Terrasanta. Lì accanto c'è il santuario, costruito dai pastori e dai boscaioli, e sono molti i devoti che hanno pregato e sono stati esauditi.

Uno strano personaggio – si chiamava Pietro – stava sul crinale di fronte, dove c'è un piccolo santuario con l'altra Beata Vergine, con l'altare, la fioriera, le padelle per le candele.

Una volta all'anno, per la festa dell'Ascensione, la portavano in spalla a benedire la gente di Monte Acuto, cantando le litanie: Rosa mistica, Refugium peccatorum...

Pietro l'eremita io lo ricordo come un vecchietto dalla barbetta assai sporca, una tonaca stinta e il tricorno in testa: non era un prete, ma recitava il rosario e andava in giro per la questua.

Ognuno dava quello che poteva, patate, due uova, una formetta di cacio, qualche soldo. Lui ringraziava, biascicava un'Ave Maria e riprendeva la strada. Gli bastava poco: zappava e seminava un pezzo di terra che chiamavano «il campetto della Madonna», mungeva la vacca e la capra e aveva per compagnia un cane, battezzato Batuffolo. «Nei giorni di festa» raccontava «abbaia in un altro modo.»

D'estate arrivava qualche pellegrino, ma l'inverno era lungo e il solo rumore – come del resto anche oggi – era quello dei rami che cadono sotto il peso della neve.

Questo era ed è per me Pianaccio, cara Lucia, un villaggio dimenticato da molti ma in cui la vita e la morte continuano a tessere la loro misteriosa tela. Un paese in cui è ancora viva, ricordi?, la leggenda della fontana, secondo la quale non bisogna bere la sua acqua dopo l'Ave Maria, perché da quel momento tocca agli spiriti.

Mio nonno Olindo raccontò che una notte, mentre ritornava con il calesse, arrivato al fosso che chiamano del Fischio, gli comparve accanto un uomo molto alto, vestito di panno che, senza dire una parola, lo accompagnò per un pezzo di strada. Da quella volta, nonno Olindo cercò di rincasare prima del tramonto.

Nello stesso posto mio padre, di notte, mentre andava a Lizzano a prendere la levatrice perché stavo per nascere, vide un grande frate bianco che sparì dietro la curva.

Bisogna credere: e io, da bambino, in certe conchiglie trovate sulla spiaggia sentivo il rumore del mare.

II

RITRATTO DI FAMIGLIA

Cara Lucia, il passato diventa sempre più remoto. L'infanzia ha il profumo delle bucce d'arancia che sfriggono sulla cucina economica e il sapore viscido dell'olio di fegato di merluzzo: sulla bottiglia dell'Emulsione Scott c'era un pescatore che si tirava dietro le spalle un grosso pesce.

Importanza dei barattoli e delle etichette nella memoria: i due vecchietti del Cacao Talmone, ad esempio. Lei, sorridente gli offriva una tazza di cioccolata fumante senza seccarlo con le insidie del colesterolo.

O i gentiluomini in tuba e marsina, ai quali una bella cameriera serve l'Effervescente Brioschi, «la più deliziosa delle bibite», e c'è anche un bambino che allunga il suo bicchiere. Non l'ho mai assaggiata.

La casa dove sono nato è quella che ha costruito il nonno paterno. Si chiamava Marco e Marco è il mio secondo nome. Ero molto legato a lui. Aveva lavorato per molti anni in Sardegna, mi raccontava sempre avventure di banditi, fatti che mi affascinavano, storie buffe di pievani. Aveva una grande fantasia, ricordava un po' Fucini. Dopo la morte della nonna si era risposato, ma non ho mai saputo che ci fosse un'altra nonna in Sardegna. Lui non me ne ha mai parlato. L'ho imparato soltanto anni dopo. Il nonno e la sua nuova moglie non si sono mai mandati una cartolina. Deve avermelo detto mio padre...

Gli volevo molto bene. Quando, terminate le vacanze, dovevo tornare a Bologna andavo a salutarlo nella sua stanza e mi regalava una lira. Mi ricordo la parete accanto al suo letto perché di notte, quando si svegliava, accendeva i fiammiferi sfregandoli contro il muro che era tutto segnato.

Il nonno è stato la persona che ho amato di più nella mia infanzia anche perché, quando avevo cinque anni, mio padre, Dario, venne assunto come vice-magazziniere, allo zuccherificio di Bologna. Restò vice per sempre. Fu la sua silenziosa sconfitta. Aveva anche il compito di contare i sacchi. Una volta su un vagone ne scappò uno in più: dovette rimborsare l'importo, mi pare 400 lire. Quasi la paga di un mese. Poi venne sospeso per alcuni giorni: se veniva qualcuno a trovarci, per la vergogna, andava a nascondersi sotto il letto.

Arrivava a Pianaccio quando poteva e il suo ritorno mi lasciava un po' d'amaro in bocca perché dovevo sloggiare dalla camera nella quale dormivo assieme alla mamma. La ricordo bene: c'erano un lettone di quelli di una volta con un rosario attaccato alla spalliera e un grande armadio che custodiva un bastone animato, se tiravi l'impugnatura, veniva fuori una lama come quella di una spada. Mia madre l'aveva nascosto lì dentro perché non voleva che nessuno lo toccasse: forse, un tempo, qualcuno di famiglia l'aveva adoperato per infilzare un rivale e poi era fuggito.

Il soffitto era fatto di assi; prima di addormentarmi lo fissavo a lungo e allora, grazie alla fantasia, si trasformava in una barca. Mi ricordo anche che, quando dovevo andare a dormire, guardavo sempre sotto il letto, per la paura che mi era rimasta per le storie di spiriti e di fantasmi che le vecchie raccontavano durante le veglie. È una cosa che mi ha segnato profondamente: anche oggi, se penso che ci sia un pericolo, devo guardare sotto il letto, come facevo da bambino.

Quando mio padre tornava, ci portava dei piccoli regali – ricordo cestini di fichi con le mandorle – ed era per tutti un giorno di festa. Mio padre, un uomo che lavorava duramente: ci siamo passati accanto quasi senza conoscerci. C'è un episodio che illustra la difficoltà dei nostri rapporti e fu quando mi mandarono a Rimini, alla Colonia della Decima Legio. Ospitava molti ragazzini di famiglie bisognose e con le tonsille gonfie. A quel tempo di solito le strappavano, qualche volta il dottore diceva: «Ci vuole il mare».

Era come andare soldato: un addio alla casa e alle care abitudini, e avanti in fila per due. I vagoni del treno avevano i sedili di legno, le madri sui marciapiedi sventolavano i fazzoletti e piangevano.

Eravamo tutti in divisa e nella valigetta la mamma aveva messo la biancheria con le mie iniziali ricamate con il filo rosso: «Non la perdere, è tutto quello che hai».

Io ero molto triste, molto solo. Mia madre si era raccomandata: «Non dimenticare le orazioni», ma mi veniva in mente la mia famiglia e faticavo a prendere sonno.

Quel mese fu lunghissimo. Una domenica venne a trovarmi il babbo, con il treno popolare. Portava camicia, cravatta e giacca. Non si slacciò neppure il colletto, ci sedemmo in un angolo, dietro i capanni. Ci siamo sempre parlati poco. Aveva infilata in tasca una bottiglia di birra. «Hai sete?» mi domandò.

Io mi vergognavo un poco perché i miei compagni ci stavano osservando. Mio padre era goffo, impacciato, così poco balneare, e dissi di no.

«Sei contento?» mi chiedeva. «Vi divertite?»

A me sarebbe piaciuto tornare a Bologna con lui – avevamo già lasciato Pianaccio –, ma aveva pagato in anticipo 120 lire per via delle adenoidi. Sembra che l'acqua salata e lo iodio facciano bene, e gli raccontai che avevo vinto la gara di corsa. Nella valigia di fibra c'era la medaglia con il Duce con l'elmetto.

Ho in mente mio padre in divisa fascista: fu iscritto al Partito con gli ex combattenti. Era stato un indifferente: non come mio zio Gigi che fece la Marcia su Roma soprattutto per fare un bel viaggio in treno senza pagare il biglietto. Il babbo era capofabbricato e ne era soddisfatto. Si comprò, nonostante mia madre li ritenesse costosi e superflui, oltre la divisa regolamentare anche gli stivali. Ai magazzini «Old England», adeguati poi in «Nuova Italia».

Era fiero di questa promozione e ci raccontò ancora una volta come aveva visto cadere Baracca sul Montello. Era sergente, anzi, sergente maggiore. Quel grado rappresentava la sua sola vittoria.

Nelle discussioni, io tenevo sempre la parte di mia madre. Lei gli diceva fumi troppo, non andare la domenica a fare la partita a scopa con gli amici, non sai importi, non ce la farai mai, vedi, queste scarpe che hai voluto prendere da solo, stesso tipo, all'angolo, le vendono a metà prezzo.

Una volta, la vigilia di Natale, lo aspettavamo, doveva tornare dal lavoro e, soprattutto, portare l'anguilla. Faceva parte delle devozioni, come l'agnello a Pasqua. Arrivò allegro con un capitone gigante, sembrava una balena. Papà era ubriaco, aveva partecipato a troppi brindisi augurali.

«Che vergogna!» disse mia madre. «Proprio questa notte che nasce Gesù.»

Lui ebbe un inaspettato e improvviso lampo di genialità: «È così piccolo che non se ne accorge» e si buttò sul letto.

Non è mai stato fortunato: sbagliò anche il giorno per morire. Se ne andò all'alba del 28 ottobre 1942, in una corsia d'ospedale. Un errore del chirurgo; disse subito: «Mi hanno ammazzato».

Mi consegnò l'orologio con la catena, che era appeso al letto, e mi raccomandò di essere buono, di pensare alla mamma e a Francesco, mio fratello. Avevo ventidue anni.

Mentre uscivo, fui fermato da un camerata: «Perché non siete in divisa?» mi chiese minaccioso. Dovetti spiegargli che avevo appena perso una persona cara.

Per pagare il funerale di mio padre dovetti farmi prestare del denaro e l'editore Cappelli mi anticipò un po' di soldi, non l'ho mai dimenticato. Ci fu pure l'appello fascista e, mentre il carro si allontanava verso la Certosa, uno gridò: «Camerata Dario Biagi», e tutti fecero il saluto romano e urlarono: «Presente!».

Con mio padre abbiamo vissuto insieme e non ci siamo capiti. Non ci siamo neppure parlati. Ci volevamo bene, come del resto insegnavano e auspicavano le buone letture, ma ho cominciato a capirlo tardi, troppo tardi, soltanto dopo i funerali. Non siamo stati neppure amici, ma è una pretesa sciocca: non è questo che uno cerca in famiglia.

Vorrei inventargli una impossibile storia. Sulla spiaggia, con giacca e cravatta, era splendido, elegante come un signore inglese d'altri tempi. Certo, ebbe qualche avventura estiva, perché piaceva, credo, alle donne, un simpatico dissipatore, direi. Dio mio, beveva un po'. No, non è stato così, è morto nella corsia dei poveri all'ospedale.

Quando se ne andò aveva cinquantun anni. Mi pareva un vecchio.

Mia madre Bice era l'anima della famiglia. Era una donna forte che per me diventò improvvisamente vecchia la mattina di quel lontano 28 ottobre 1942, quando suo marito chiuse gli occhi.

Aveva quarantacinque anni. Si vestì di nero e non smise più perché nella nostra famiglia accaddero tante disgrazie: non solo il solito cancro e il consueto ictus, ma anche, come vedremo, una fucilazione.

Quando mio padre e mia madre litigavano era sempre per i soldi, non bastavano mai e bisognava arrivare alla fine del mese. Vivevamo quella che si definisce una dignitosa povertà, ma non ne ho mai sentito il peso. Per esempio, il grembiule di scuola era sempre pulito, a posto. Certo, c'erano anche i «trucchi»: se mi compravano un paio di scarpe, era una specie di regalo della befana. Ecco, se devo essere sincero, questa befana che faceva soltanto regali utili mi stava un po' sulle scatole.

Ricordo anche il presepe di figurine di cartoncino ritagliato che disponevo sulla madia, con lo specchietto dell'Olio Sasso per fare il laghetto. Mio padre guadagnava poco e allora la mamma, per fare quadrare il bilancio, cuciva camicie per un grande magazzino di Bologna e io andavo a consegnarle. Ma devo essere sincero; se ci ripenso, a casa mia non stavamo tanto male. Non ci mancava nulla. Tutto, diciamo così, era un po' arrangiato. Gola infiammata: pastiglie uso Valda, dal droghiere. Mutande: tessuto misto lino. Liquore: Strega, ma fatto con l'estratto. Bistecca: non proprio una «fetta di carne di manzo» come recita il vocabolario, al bue l'avrebbero potuta tagliare anche da vivo, così sottile che non se ne sarebbe neppure accorto. Se mancava l'arrosto, mia madre metteva il rosmarino sulle patate, le infilava nel forno e attorno a noi si diffondeva un gradevole profumo di benestanti.

Quando avevo otto anni, siamo partiti da Pianaccio per seguire nostro padre a Bologna. Avevamo trovato casa in città perché la famiglia doveva restare unita. Fu scoprire un mondo nuovo, completamente diverso. Un giorno nostra madre non ci trovò in casa: eravamo sulla porta che guardavamo passare il tram.

Se ripenso ai Natali, tornano alla mente quelli di un'infanzia non certo ricca: camera e cucina, a pianterreno, in via Sant'Isaia, a Bologna.

Io e mio fratello, più piccolo di cinque anni, dormivamo con i nostri genitori e giocavamo in un cortiletto di cemento. Leggevamo i libri della bibliotechina parrocchiale: l'interminabile *I tre boy-scouts* mi ha fatto molta compagnia.

Non avevamo il senso delle cose che ci mancavano, certo, mi sarebbe piaciuto anche avere l'*Enciclopedia dei ragazzi*, ma potevo sfogliarla a casa di un compagno di scuola. Guardavamo con rispetto, ma senza invidia, i figli del barbiere e del sarto, che avevano una bottega e più risorse; ma credo fossimo contenti. Mia madre, del resto, è morta chiedendomi se facevo fatica ad arrivare a fine mese.

C'è una frase che ha segnato profondamente la mia vita: «Prima si fanno i compiti e dopo si va a giocare». Io ho giocato pochissimo perché dai quattordici anni in poi mi sono praticamente mantenuto da solo. I miei genitori non mi hanno mai pagato niente.

Ho cominciato a quattordici anni, durante le vacanze e anche nel corso dell'anno scolastico. Ero abbastanza bravo in italiano, in storia e nelle materie umanistiche e così davo ripetizioni alle figlie di un certo professor Baecchi. Erano ragazzine molto pallide, le aiutavo a fare i compiti d'italiano perché allora si diceva che per scrivere bene bisognava pensare bene, che è un'altra cosa ancora.

Poi ho conosciuto un rappresentante di medicinali che mi ha presentato in fabbrica. Davo una mano a impacchettare la camomilla e a mettere le etichette, ogni mille etichette mi davano un po' di lire. Ho fatto, ricordi?, anche la comparsa con mio padre al Comunale di Bologna; la paga era più o meno la stessa per i ragazzi e gli adulti: quattro lire e quaranta tutte le sere.

Dopo lo spettacolo non prendevo neppure una tazza di cioccolata per portare tutti i soldi a casa. Mio padre, invece, si beveva un bicchiere di vino, ma si sentiva, per il mio comportamento, in uno stato di cattiva coscienza. E allora mi diceva: «Ma pigliati una cioccolata!». Voleva pareggiare i conti, ma io, carognetta, non la prendevo. Nella *Bohème* mio padre interpretava Parpignol e ricordo il coro dei ragazzini: «Ecco i giocattoli di Parpignol, / voglio la tromba e il cavallin, / dei soldati il cappel, / voglio il cannon, voglio il frustin». E poi il *Parsifal*, dove ci facevano mettere una parrucca bionda e facevamo i paggetti.

Quando cominciava la campagna dello zucchero, allora la si chiamava così, andavo allo zuccherificio per otto ore di turno. Il primo giorno, da mezzanotte alle otto di sera, il secondo, dalle otto di mattina alle quattro del pomeriggio, il terzo dalle quattro del pomeriggio a mezzanotte.

Mi ricordo che, quando avevo il turno di notte, mia madre mi dava una panino con la mortadella e una pesca. In agosto, il pane con la mortadella si secca ed è terribile mangiarlo. A una certa ora, gli operai stendevano le balle dello zucchero e mi dicevano: «Adesso dormi un po'».

Quando mi svegliavo, facevo il giro dei diversi reparti per andare a prendere i campioni da portare al laboratorio. Il fetore delle barbabietole che bollivano – un odore che mi sono portato dietro per tutta la vita – mi chiudeva lo stomaco.

Prima si fanno i compiti e poi si va a giocare. Questa frase mi è riecheggiata nella mente tutta la vita; quando mi dicono che alla mia età lavoro troppo, rispondo: «E che altro dovrei fare?».

D'estate tornavamo a Pianaccio per le vacanze e allora era festa grande. Andavamo dagli zii Biagi che vendevano il latte, avevano una bottega e una pensione. Io badavo volentieri alle mucche, mi piaceva moltissimo. Lo facevo con una cugina che non c'è più. Si chiamava Giuseppina, portava il nome della nonna. Eravamo molto legati perché siamo andati insieme a scuola a cinque anni. Era bravissima a ricamare ed era molto intelligente e spiritosa. Per me era come una sorella. Aveva avuto alcuni problemi, l'avevano portata a Bologna, al Rizzoli: era nata con le gambe lussate. Uscivamo di casa di prima mattina e rincasavamo la sera: quando il sole arrivava a metà costone della montagna, voleva dire che era scoccata una certa ora. Poi sentivamo lo scampanio delle mucche e scendevamo in paese perché i campi del nonno erano in alto.

La sera mia madre mi diceva: «Adesso fai il bagno perché puzzi di vacca», e poi venivano a trovarci tutti i vicini. C'era festa grande quando si ammazzava il maiale, che a forza di castagne bollite aveva la carne dolce e tenera. Li ricordo appesi al gancio del macellaio, prima che venissero fatti a pezzi seguendo un'arte antica, perché del maiale non si butta via niente. Poi compravamo l'olio per l'inverno, mentre la frutta era una vera rarità. Non c'erano negozi: la acquistavamo da certi venditori ambulanti con il carretto, da noi c'erano solo castagne e noci. Un mondo ormai scomparso.

Un mondo, però, che continua a ritornare. Mi emoziono sempre, ad esempio, quando, correndo sull'autostrada verso Bologna, vedo spuntare sul colle il santuario della Madonna di San Luca.

Ritornano giorni lontani: per fargli rispettare il precetto pasquale, la comunione almeno una volta all'anno, mia madre costringeva anche il babbo a un pellegrinaggio. Bisognava salire la lunga fila di gradini e, dopo il sacramento, c'era il caffellatte con la ciambella. Era finito il digiuno.

Quell'odore, la fumata del vapore della macchina dell'espresso, lo risento, la rivedo ancora. Come rivedo ancora il volto dolce e severo di mia madre, una donna che aveva saputo accettare la vita e non aveva paura di morire.

Dopo gli ottanta, aveva perso la memoria. Non riconosceva le persone, neppure quelle più care. Le dava gioia passeggiare tra gli alberi carichi di frutta, raccogliere fiori. Me la ricordo assorta: ascoltava il fischio di un merlo, inseguiva il volo sul fiume di un gabbiano bianco.

Non c'ero, quando se ne andò. Stavo intervistando a Parigi il professor Toni Negri, teorico della rivolta. L'ho vista nella bara: aveva l'aria fiera di una principessa azteca. Mi hanno detto che, prima di spirare, mi ha cercato, poi ha chiamato mio padre: «Dario, vengo, abbracciami». Da tanto tempo non lo ricordava, mentre aveva in mente i suoi genitori.

Nel libretto che aveva alla Posta c'erano tutti i soldi che le avevo mandato. Spendeva solo quelli della pensione del babbo: una miseria. Faceva durare un pollo quanto un vitello. Dal Vietnam le avevo portato un gingillo d'oro che per quella gente è il simbolo della speranza, non lo abbiamo più trovato. Chissà come l'aveva smarrito.

Le piaceva la casa di Sasso Marconi, i fiori, il canto degli uccellini, gli scoiattoli che saltellano tra il filare delle noci: raccoglieva i frutti caduti. Nella vecchiaia ritrovava i sentimenti dell'innocenza.

Credeva in Dio, nella giustizia e parlava con il Signore con assoluta confidenza, direi su un piano di parità: Lui sapeva che la sua serva Bice aveva cercato di rispettare le regole.

III

ADDIO «GIOVINEZZA»

Cara Lucia, inutile negarlo, la mia famiglia era fascista, e sbaglia per eccesso di zelo chi, dovendo compilare la mia scheda personale, mette la nota: «Di vecchia famiglia antifascista».

Lo zio Gigi aveva partecipato anche alla Marcia su Roma: non so se raggiunse mai la capitale o si fermò invece a Bologna, dove avevamo alcuni parenti. Certo era squadrista, portava con orgoglio un distintivo speciale. Era stato un buon soldato, bersagliere ciclista, proposto anche per una medaglia, persa per un furto di galline, ma aveva terrore del trapano del dentista. Non avrà paura invece, come vedremo, quando il destino lo condurrà a una fine atroce.

Mio cugino Bruno, avvocato, entrò addirittura nel governo con Mussolini, sottosegretario alle Corporazioni. Quando ci fu l'epurazione al Sud, lo rinchiusero nel penitenziario di Gaeta.

Lo processarono per «profitti di regime», ma non aveva rubato. Possedeva un appartamento e una villetta a Lizzano, progetto di un geometra. Era stato anche professore all'università e presidente di una casa cinematografica. Spero abbia almeno conosciuto delle attrici. Dopo la caduta, andava in giro con un cappotto rivoltato. Dalle mie parti lo ricordano con rispetto.

Posso anche vantare come parente, sia pure alla lontana, un altro fascista «doc»: Giorgio Pini, redattore capo del *Popolo d'Italia*. Sua sorella Luisa è stata la mia madrina al battesimo, avendo sposato un mio zio ingegnere dal quale ho ereditato il nome e un orologio. Un fascista onesto e fedele fino all'ultimo. Durante la Repubblica di Salò era diventato sottosegretario all'Interno.

Un giorno, mentre stava andandosene dopo un rapporto, il Duce lo richiamò: «Pini, vi sembro un uomo morto?».

Rievocava l'ultimo incontro: «Il 12 aprile 1945, a Villa dei Ronsolini, sede del quartier generale. Mi fece una domanda che mi agghiacciò: "Pini, cosa ve ne sembra della situazione militare?". "Ormai è finita" dissi».

Un mio amico, Weis Ruffilli, lo vide a Milano, mentre stava per avviarsi a Dongo, in una caserma di corso Italia. Ultima adunata. Uno scemo saltava attorno alla vettura e urlava: «Duce, Duce, vinceremo!».

Della carriera del capofabbricato Dario Biagi abbiamo già detto, e ora, se non ti spiace, parliamo un poco di me.

È il momento delle confessioni: io sono il primo balilla antemarcia di Pianaccio. Quando mia nonna maestra ebbe l'ordine di trovare arruolati, fui iscritto, con mia cugina Pina, piccola italiana, d'ufficio. Da lì ha origine il mio antimilitarismo: per colpa dei pantaloncini grigioverde che pungevano le gambe. Non mi piaceva neppure giocare alla guerra e più tardi nelle esercitazioni degli avanguardisti, che simulavano combattimenti, avevo scelto la parte del ferito. Non correvo all'assalto ma mi sdraiavo sulla barella.

Con la scuola andammo in pellegrinaggio a Dovia, frazione di Predappio. Ci caricarono su un glorioso 18 BL, un camion residuato di Vittorio Veneto, per visitare la casa del fondatore delle camicie nere.

Ho in mente che nella stanza dove Mussolini era nato, sul letto non c'erano materassi, ma sacconi pieni di foglie di granturco. A toccarli, era proibito, scricchiolavano. Dopo la guerra diventò l'alloggio di un disoccupato e all'inizio del paese un cartello avvertiva: «Predappio, zona particolarmente depressa».

Il mio primo libro di lettura, alle elementari, era intitolato *Il balilla Vittorio*, e mi piaceva molto perché raccontava le avventure di un bambino che, come me, era arrivato in una città, nientemeno Roma, dalla provincia. Io, più modestamente, a Bologna.

L'ho ritrovato anni fa su una bancarella: racconto di Roberto Forges Davanzati. Si parla del Duomo di Orvieto, e c'è una scultura che rappresenta il sonno di Adamo, non potevano cavargli una costola senza anestesia, c'è un affresco che rappresenta il Finimondo, c'è la campagna. I buoi che tirano la trebbiatrice si chiamano Principino e Saltamiglio.

Poi la scoperta di Roma: gli elefanti del giardino zoologico, gli orsi bianchi sugli scogli di cemento, il Foro, con la fotografia del Duce che passa a cavallo, «con la sua faccia forte, gli occhi rotondi d'aquila, il bianco pennacchio sul fez nero».

All'aeroporto del Littorio il nostro piccolo camerata incontra De Bernardi, «un pilota che vinse in America la Coppa Schneider per la più alta velocità», e fa fare un giretto sull'Urbe anche al ragazzino. Come lo invidiavo.

Un capitolo è intitolato: «L'Italia dei balilla». Eravamo, in un certo senso, dei predestinati. Ho ripescato una poesia da un giornaletto che ci davano a scuola: «Nel cuore dell'estate / è nato verso sera / un bel balilla biondo / con la camicia nera». Tutto previsto.

Ci insegnavano che eravamo i più forti, i migliori. Discendenti di quegli antichi romani che avevano dominato il mondo. Ci portavano a deporre corone ai caduti: l'eroe aveva sempre la camicia stracciata sul petto magro.

Diceva il mio amico Federico Fellini: «Se non siamo cresciuti proprio stupidi è un miracolo».

Ho in mente gli aspetti folcloristici di quel tempo: nel nostro Paese, una parte determinante l'hanno sempre avuta i buffoni. Siamo passati dai gerarchi di Starace che saltavano, come al circo, attraverso il cerchio di fuoco, prima ai ministri democratici e un po' ladri che, dopo la condanna, per la rieducazione vengono affidati alle assistenti sociali e, ultimamente, agli imbonitori televisivi.

A Bologna c'era un federale, ricordo, che arringava le camicie nere a Porta Saragozza, davanti al Cassero, un vecchio edificio, testimonianza delle antiche mura: lì si incontrano i gay, perché è divenuta la loro sede, e da lì la Madonna di San Luca si congeda dai fedeli quando risale al Colle della Guardia.

Io – lavoravo già al *Resto del Carlino* – dovevo fare il resoconto del comizio. Urlò: «Non abbiamo mai indietrato e non indietreremo mai!». Riferii, ma il capo mi disse: «Lascia perdere. Bestia ma patriota».

Sì, cara Lucia, devo proprio ammetterlo: sono stato un «fiore del regime»: balilla, avanguardista, giovane fascista, Guf. A dire il vero, il Duce, da vicino, l'ho visto una volta sola. Si affacciò al Palazzo della Prefettura di Bologna e la folla applaudiva. Ero un giovane redattore del *Resto del Carlino*; dal ministero della Cultura popolare arrivò una disposizione: togliere dalla cronaca che l'entusiasmo ha dato luogo «a ripetute rotture di cordoni». Evitiamo interpretazioni equivoche. Indizio di crisi.

Vinsi anche i premi della critica cinematografica, ma scoppiò la guerra e venne cancellata la finale. Non avevo interesse per la politica: scrivevo sempre di film e di libri sull'*Assalto*, organo della Decima Legio, il cui motto era «Frangar non flectar», mi spezzo ma non mi piego, da noi tradotto maliziosamente «ma non mi spiego».

Lo dirigeva un galantuomo, Carlo Savoia, e molti di noi ragazzi cominciammo di lì. Fui uno dei due giornalisti, l'altro era Guido Aristarco, che difesero *Ossessione* di Luchino Visconti, opera considerata troppo pessimistica e permeata da un eccesso di realismo.

Lo giravano attorno a Ferrara e la troupe era felicissima. Mi raccontò il mio amico Giuseppe De Sanctis, aiuto di Luchino, che, nonostante il razionamento (eravamo già in guerra), mangiavano allegramente e le ragazze non erano insensibili alle attenzioni dei cinematografari.

Fu allora che Beppe mi consigliò di leggere, in un libro di Labriola, pubblicato da Laterza, il *Manifesto del Partito comunista* di Marx e di Engels. De Sanctis era comunista e io lo rispettavo, ma, quando venne l'ora di scegliere andai in una brigata «Giustizia e Libertà» del Partito d'Azione.

Ero finalmente diventato redattore del *Resto del Carlino*: reparto cronaca e vice di Eugenio Ferdinando Palmieri per la rubrica di critica cinematografica.

Direttore era un disincantato giovanotto, Giovanni Telesio, che veniva da Londra, dove era corrispondente, e aveva conosciuto il nostro editore, Dino Grandi, un romagnolo «quadrunviro della rivoluzione fascista», ambasciatore presso Sua Maestà il re d'Inghilterra, d'idee aperte o forse liberali. Di sicuro, molto intelligente. C'era una battuta che, puntando anche sulle origini, lo dipingeva: «Da contadino a conte Dino»; il sovrano lo aveva elevato a quel titolo nobiliare.

Il tono del giornale era pacato e in redazione circolavano anche barzellette antiregime.

Ma facciamo un passo indietro: torniamo a quel fatidico 10 giugno 1940, quando Mussolini si gettò nel secondo conflitto mondiale credendo che la guerra fosse già finita.

Allora non avevo ancora vent'anni ed ero praticante al *Resto del Carlino* e matricola all'università. Stavo in cronaca e mi mandarono in piazza: dovevo raccontare come la gente avrebbe accolto l'annuncio. Lui, il Duce, doveva parlare.

Era un pomeriggio molto caldo; d'estate Bologna è insopportabile, non scende un filo di vento dalle colline e non ti salva l'ombra dei portici.

Ho in mente i cortei che arrivavano da fuori porta. Gli operai portavano cartelli con il nome delle fabbriche – Ducati, Sabiem, Calzoni –, qualcuno spingeva la bicicletta. I giovani erano in divisa, le ragazze in camicetta bianca e ridevano. C'erano anche le massaie rurali venute dalla campagna.

Nei cinegiornali proiettavano le scene dell'avanzata tedesca: la guerra lampo annientava le inesperte divisioni polacche. Si vedevano campi di prigionieri, uomini seduti per terra con le nuche rapate, abbandonati allo sconforto. Le colonne motorizzate della Wehrmacht sollevavano nuvole di polvere nell'immensa pianura. I fotografi della Propagandakompanie ritraevano facce di vecchi sconsolati, una bambina stava seduta, sola, sulle macerie e teneva tra le mani una gabbia con un uccellino.

Da giorni c'era già l'oscuramento, suonavano le sirene e si facevano le prove degli allarmi, le cantine venivano trasformate, con qualche palo di legno, qualche panchina e qualche secchio di sabbia, in «rifugio».

Avevano distribuito le carte annonarie; le «tessere» e tutto era razionato: tanti «punti» per le stoffe e per le scarpe. Spariti praticamente il caffè e il tè, ci si adattava al surrogato e al karkadè, scarseggiava il carbone e si facevano seccare le palle di carta di giornale.

Verso le 18 di quel lunedì Mussolini parlò. Gridò: «Vinceremo!». Ci furono urla e applausi, ma vicino al bollettino di Diaz, che celebrava una ormai lontana vittoria, una donna vestita di nero piangeva.

Più tardi venimmo convocati al Guf e il segretario ci comunicò che dovevamo considerarci volontari. Molti non tornarono.

Nell'agosto del 1942 mi chiamarono, come si diceva pomposamente, alle armi. Destinazione: Battaglione universitario, Sassuolo. Alla prima adunata il comandante, signor tenente colonnello Consolo, urlò ai reparti: «Ricordate che io sto sull'attenti da trent'anni», e una voce pietosa ordinò: «Riposo». Esprimeva anche la mia modesta filosofia.

Dopo tre giorni di esercizi militari, marcia, corsa, presentat'arm, un ragazzo di Siena si buttò dal terzo piano del convento trasformato in caserma. Un urlo nella notte. Era figlio, dissero, di un notaio.

Mi ammalai, disturbi cardiaci, e venni destinato ai servizi sedentari. Passai qualche giorno in ospedale per le visite e i controlli. Nella camerata c'era un operato al cervello: si lamentava sempre. Bisognava prendergli una mano, allora si quietava. Il ferito in Grecia aveva perso le gambe; ma faceva anche ridere: «A mia moglie quello che è rimasto basta e avanza».

Ogni tanto venivano le visitatrici fasciste, guidate dalla moglie del federale. Una bella donnona, che distribuiva sorrisi, caramelle e cartoline con foto del Duce con l'elmetto in testa e lo sguardo severo. «Ce l'ha con tutti» pensavo.

Qualche volta organizzavano uno spettacolo di varietà nel cortile, sotto un vecchio ippocastano: i prestigiatori rompevano le scatole, piacevano molto le ballerine. Ogni tanto suonavano le sirene. «Arrivano i liberatori» diceva qualcuno. Il cielo si riempiva del rumore sordo delle fortezze volanti.

Nel frattempo, il 30 giugno 1942, ero diventato giornalista professionista. Risultavo anche, come esige la legge, appena maggiorenne. Devo molto a tre colleghi che non ci sono più: Mario Bonetti, che pubblicò i miei primi articoli sul *Carlino-Sera*, la storia del tenore Gubellini, un mancato nuovo Caruso per colpa di un'avventura su un treno che lo portava a San Pietroburgo: fascino slavo (portatore, però, di una malattia venerea); a Giovanni Telesio e a Giuseppe Longo, i miei primi direttori che ebbero fiducia in un giovanottino figlio di una camiciaia a cottimo e di un operaio che morì soffrendo perché non aveva avuto mai un «avanzamento».

Ottenni il permesso per andare la sera al giornale: Peppino Longo mi voleva bene e conosceva un generale della Sanità. Del resto, bastava guardare me, con l'uniforme con le mollettiere che mi cadevano, un cappottino troppo corto e un berretto troppo largo, per capire subito che la guerra era perduta.

Il 25 luglio 1943 era domenica: lavoravo sempre anche il settimo giorno, perché la paga raddoppiava. Ero al giornale quando l'Agenzia Stefani batté alla telescrivente la notizia che il re e imperatore aveva accettato le dimissioni del cavalier Benito Mussolini e nominato al suo posto un altro cavaliere, Pietro Badoglio. Il comunicato fu portato in redazione da uno stenografo. Ci fu qualche applauso e anche degli abbracci. Qualcuno propose di pubblicare anche l'inno di Mameli, ma nessuno ricordava tutte le parole.

Fu la mia prima esperienza di fronte a un evento e vidi le danze scomposte dei voltagabbana. Vecchi squadristi che gettavano il distintivo del fascio, ossequiose camicie nere che applaudivano alla caduta, anche un inviato specialista per le vibranti manifestazioni in onore del capo.

Composero subito un inno rivoluzionario che attaccava: «Bandiera rossa dal color del vin / viva Badoglio abbasso Mussolin».

In redazione ci fu un'ondata democratica, con annullamento delle cariche e assegnamento dei posti. Anche i superstiti della Marcia su Roma, i volontari dell'Africa e della Spagna volevano cancellare il passato e garantirsi un futuro sereno. La città era in delirio. Mi accorsi che i più antifascisti di tutti, chissà perché, erano i tranvieri. Non c'era corteo che non fosse aperto da loro.

Anche mio cugino Bruno fu protagonista di un episodio sgradevole. Stava aspettando il treno per Roma, ma venne riconosciuto da alcuni viaggiatori: «Dai al gerarca» disse uno.

Gli aprirono la valigia: trovarono un osso di prosciutto e tre chili di farina. Uno lo schiaffeggiò, la merce preziosa fu sequestrata dagli insorti. «Loro sì che mangiano» disse la donnina dell'edicola.

Fuori dal *Carlino* tumultuava una piccola folla di arrabbiati. Sbraitavano: «Penne vendute». Chiedevano i ritratti del Duce, ce n'era uno in ogni ufficio. Furono accontentati. Li bruciarono. Ma vennero risparmiate le cornici, c'è sempre la possibilità di mettere qualcuno in mostra perché, come dice un valoroso collega americano, molti hanno il loro dittatore preferito.

Davanti al giornale, sotto gli occhi indifferenti di un plotone di soldati, continuavano a susseguirsi comizi tanto accesi quanto improvvisati. A un certo punto, dopo un discorso dal contenuto rivoluzionario e velleitario, il sottotenente che comandava il reparto si avvicinò all'oratore, ma invece di congratularsi con lui gli disse: «O va via subito o la porto dentro. Conosce le disposizioni di Badoglio?».

L'altro insisteva: «Sono un cittadino e lo Statuto albertino mi dà diritto alla parola».

L'ufficiale, forse sprovveduto di nozioni risorgimentali, forse stanco dei turni di guardia, lo fissò con un'espressione che non invitava al dialogo: «Ne ho pieni i coglioni. Siamo qui da ieri notte e abbiamo bevuto soltanto una gamella di caffè d'orzo. Tolga il disturbo».

Nei quarantacinque giorni che seguirono, davanti a certe incredibili conversioni, è ora di confessarlo, mi sentii in dovere di rivalutare certi fascisti.

Mi veniva in mente un film di René Clair. Il protagonista, durante i tumulti, saltava da una barricata all'altra cambiando semplicemente il cappello. Quanti guardaroba ben riforniti ho visto e sto ancora vedendo.

L'8 settembre era una giornata afosa: il cielo terso, ma faceva pensare all'estate che stava avviandosi alle prime piogge e alle prime nebbie. C'era un senso di angoscia e di attesa. Tutti – il 10 luglio gli Alleati erano sbarcati in Sicilia e stavano per risalire la penisola – si rendevano conto che così non si poteva andare avanti. Ma tutti erano anche convinti che Mussolini non sarebbe più ricomparso. Sbagliavano. Una volta Willy Brandt mi disse: «La storia non conosce la parola mai».

Arrivò finalmente la notizia: l'Italia aveva chiesto l'armistizio. Fu un tripudio. I soldati buttavano via le giberne e urlavano: «Tutti a casa!», le donne ballavano sotto i portici, tra loro, e si baciavano istericamente. Io ero umiliato e pensavo a quelli che non sarebbero tornati.

La mattina del 9 i tedeschi cominciarono a rastrellare i militari. Mi avvisarono ed evitai di andare in giro in divisa. Con quattro carri armati la Wehrmacht diventò padrona della città, uno alla stazione e gli altri davanti alle caserme. Apparvero alcuni manifesti firmati dal feldmaresciallo Kesselring, parlavano anche di fucilazioni.

Quando il maresciallo Graziani – c'è stato spesso un maresciallo a decidere per me – firmò i bandi per formare un altro esercito, e in nome del Duce, io decisi di disobbedire. Raggiunsi alla Segavecchia, sotto il Corno delle Scale, la brigata «Giustizia e Libertà» risalendo il fiume per evitare cattivi incontri. La comandava un capitano effettivo d'artiglieria, che aveva combattuto in Africa. Si chiamava Pietro Pandiani.

Non ho al mio attivo niente di eroico o di memorabile. Mi sono trovato in difficoltà quando avevo da tenere d'occhio sette tedeschi con una pistola a tamburo con sei colpi.

Ricordo che i ragazzi più giovani erano i più coraggiosi e i più crudeli: non si tiravano indietro neppure se c'era da fucilare. Una volta sono stato coinvolto anch'io, sia pure solo marginalmente. È stato dopo che a Ronchidosso i tedeschi avevano massacrato ottantaquattro persone. Il 28 ottobre 1944, dopo un combattimento, abbiamo catturato sette soldati della Wehrmacht e li abbiamo fucilati.

Ho parlato con loro nel mio tedesco elementare che serve, al massimo, per chiedere dov'è la stazione. Gli ho detto di consegnare le scarpe e li ho visti camminare. Pioveva e uno aveva buchi nelle calze e una macchia di resina di pino sulla giubba. Vedere quegli uomini che cercavano di evitare le pozzanghere mentre andavano a morire fu una cosa che non potrò mai dimenticare. Un altro è stato fucilato a Pianaccio e mi hanno mandato a chiamare perché facessi ancora da interprete. Francesco Berti Arnoaldi, un mio grande amico, diceva: «Noi volevamo salvare delle vite, quando tutti cercavano di ammazzare. Vedi, noi non volevamo fucilare quei sette disgraziati, ma il capitano, di fronte a quegli ottantaquattro morti era come impazzito».

Probabilmente i tedeschi che avevamo preso non erano neppure coinvolti nel massacro di Ronchidosso, ma allora la pietà era morta da entrambe le parti. Un mio compagno, si chiamava Gualandi, nome di battaglia «l'Alpino», mi disse: «A un certo punto ho visto un ombrellone verde aperto, sai di quelli che ci sono in campagna, con un tedesco che portava sulle spalle un giubbetto d'astrakan insanguinato. Enzo, ho sparato una raffica di mitra: è caduto l'ombrellone, è caduto il tedesco, è caduto il giubbetto di pelliccia».

Sì, cara Lucia, la pietà era morta in quei giorni. Ricordi lo zio Gigi? Fu fucilato sotto il «Passo della Donna morta», credo vedesse anche la sua casa e i ragazzi piccoli che aveva lasciato soli. A ucciderlo furono due russi, disertori della Wehrmacht, che si erano uniti ai partigiani. L'avevano catturato a Pianaccio, in seguito a una denuncia (quando era tornato Mussolini lo zio aveva aderito alla Repubblica di Salò). Dopo averlo legato a un palo, gli spalmarono il torace e la testa di marmellata perché le vespe lo tormentassero e dopo un po' gli spararono. Un pastore che assistette all'esecuzione raccontò che non pianse.

Dopo averlo ammazzato, andarono a casa sua – la moglie era morta e c'erano soltanto i miei cugini, due ragazzi – e portarono via le due mucche che gli permettevano di tirare avanti.

Mia madre andò a cercare la sua fossa nel bosco perché c'era un frate che aveva visto come lo avevano ucciso. Trovò quel mucchio di terra e, mentre tiravano fuori suo fratello diceva: «Il mio Gigi non era cattivo».

Io poi riuscii a entrare in possesso dell'ultima lettera che mio zio aveva scritto – gli avevano concesso questo favore – e cancellai i nomi di quelli che l'avevano denunciato.

Non volevo che i miei cugini si vendicassero.

Cara Lucia, c'ero anche quando finì la guerra. Indossavo una divisa americana, sottotenente, e avevo su una manica un piccolo tricolore e un arciere, Alberto da Giussano. Allora era il simbolo del gruppo da combattimento Legnano, adesso della Lega di Bossi, vedi come cambiano le cose?

Arrivammo a Bologna il 21 aprile, andai a vedere che cos'era rimasto della nostra casa. Scendendo in città dalla collina mi fermò una ragazza. Pensava, dalla divisa, che appartenessi all'US Army. Mi chiese: «Have you chocolate?». Risposi: «Mi dispiace, ma sono italiano». Sul suo volto si disegnò un po' di rossore e di delusione.

IV

ANNI DI APPRENDISTATO

Cara Lucia, ti devo ora parlare della mia vocazione di giornalista e dei primi anni in cui affrontai questo mestiere che sarebbe divenuto il centro della nostra vita. Tu mi sei sempre stata accanto con complicità, comprensione e il tuo rigoroso senso morale, anche quando abbiamo dovuto prendere insieme decisioni difficili.

Come mi è venuto in mente di fare questo mestiere? Le possibili risposte sono tante. Forse per gli articoli firmati da un certo Rastignac su *La Tribuna* di Roma che interessavano tanto a mio nonno; forse perché in un tema avevo scritto che mi sarebbe piaciuto diventare giornalista, un «vendicatore» capace di riparare torti e ingiustizie; forse perché uno dei libri che hanno lasciato in me un segno è stato *Martin Eden* di Jack London; forse perché ero rimasto affascinato dalla fotografia pubblicata su un giornale di un inviato speciale che era stato a Hollywood e sulla sua valigia erano attaccate tante etichette di alberghi.

Le possibili risposte, come vedi, sono tante, e ognuna, in un certo senso, è quella giusta. Ma facciamo ora un po' di ordine.

Sono entrato nel mondo dei giornali dalla porta principale. Non lo dico per orgoglio, ma perché non conoscevo proprio nessuno che potesse aiutarmi. Avevo diciassette anni, un'aria goffa, un vestito decorosamente povero e un articolo «da piazzare». Affrontavo un angosciante problema letterario: «Marino Moretti è crepuscolare?».

Il tema che trattavo in quell'articolo non aveva alcuna urgenza, ma c'è anche chi ha cominciato con un «Bisanzio tra Oriente e Occidente».

Portai i miei fogli a un anziano professore di filosofia che curava la terza pagina dell'*Avvenire d'Italia*, un giornale cattolico, li lesse e pubblicò. Mi pagarono anche venticinque lire ed ebbi la firma per intero. Una volta, infatti, c'era un penoso cerimoniale prima che sotto l'articolo comparisse il tuo nome. Si cominciava con le sigle E. B., poi En. Bia. e, finalmente, vittoria: Enzo Biagi. Segnarono, si può dire?, un destino.

Cominciai a collaborare in pianta stabile a quel giornale. Qualche articolo in cronaca; un po' di colore. Il «Carro di Tespi» voluto dal Duce rappresentava, d'estate, le opere all'aperto. Il direttore d'orchestra indossava una sahariana bianca. La divisa era di rigore per tutti.

Dovevo scrivere articoletti di commento, qualche breve intervista ai cantanti. Mi piaceva molto una Lucia di Lammermoor con la frangetta bruna. Il baritono, mentre stava togliendosi il trucco, mi disse: «Posso farle una domanda? Lei mi sembra un giovanotto svelto. Ho cantato cento volte una romanza che attacca: "Afferro il brando". Ma questo cavolo di brando che cos'è?».

Mandai anche una poesia, la sola che abbia mai scritto, al *Corriere Padano*. La pubblicarono in terza pagina. Si intitolava: «Baracconi». Sono riuscito a ricostruirne solo una quartina, ma basta e avanza: «Scintillano false le perle / su un volto di donna, ma vera / le riga una lacrima il volto / che pallido sembra di cera».

Terribile, ma a diciassette anni, se non sei Radiguet, quello che a venti aveva già pubblicato *Il diavolo in corpo*, si è capaci di tutto. Importante è non perseverare.

Mi aveva raccomandato al critico Giuseppe Ravegnani lo scrittore Antonio Meluschi. Tonino era una persona buona e generosa, aveva scritto un libricino, *Pane*, storia di miserabili e di vagabondi, e c'era dentro anche la sua vicenda.

Io lo guardavo con infinita ammirazione: mi sembrava un personaggio di Gor'kij, dei bassifondi, o di Knut Hamsun, quegli infelici e maledetti che impazzivano per una sbronza di birra o per toccare il seno di una ragazza.

Antonio Meluschi, detto Tonino, era figlio di N. N., e come Hamsun aveva fatto tanti mestieri, perfino il tenore in una compagnia di operette. A volte diceva che suo padre era un colonnello dei carabinieri, credo per darsi un po' di tono, per tirarsi su. Non parlava volentieri della sua infanzia di trovatello.

Aveva sposato Renata Viganò, poetessa precoce, ma che aveva dovuto impiegarsi come infermiera alla maternità. Forse lei era più brava, ma Tonino di sicuro il più picaresco.

Renata. Una donnina timida, con la sigaretta perennemente tra le labbra, che le faceva chiudere gli occhi per il fumo e minacciava con la cenere le tazze di pessimo karkadè. Lui dalla voce tonante che gorgheggiando esibiva sul caminetto la busta intestata delle case editrici: Marino Moretti lo aveva presentato al *Corriere dei piccoli*. «Pagano bene» diceva.

Meluschi abitava in via Mascarella, una casetta con le scale buie e sempre invasa da un acuto odore di minestrone e di piscio di gatto, quel sentore che avrei poi ritrovato, tanti anni dopo, negli scalcinati casermoni di Mosca.

Tonino era – direi evidentemente – comunista. Una notte, ebbe uno scontro con il professor Coppola, illustre grecista e mussoliniano fedele, e gli disse: «Finirete impiccati».

Il professor Coppola, studioso di Epicuro e idealista troppo candido, seguì il suo Duce anche sulla strada di Dongo e nell'ultima fotografia del gruppo c'è solo un particolare che Meluschi non aveva previsto: appesi, ma con la testa all'ingiù.

Molti personaggi sono stati spazzati via dalla memoria; ma ho in mente, nitido, l'usciere del giornale. La sede era accanto al Teatro Contavalli, in un edificio decrepito. I manoscritti scendevano in tipografia con una carrucola, cigolando, un pacchetto per volta.

L'usciere era mutilato di guerra, eroe, dicevano le maschere del Contavalli, quando presentava la tessera per le riduzioni. Il pittore Corazza lo aveva battezzato irrispettosamente «l'uomo gazzosa», perché, come allora le bottigliette della bibita, aveva una pallina di piombo però dentro la testa.

Il direttore era un rispettabile signore, Raimondo Manzini. Cattolico intemerato, aveva pronunciato perfino il voto di castità. Eppure vestiva come noi, viveva in una camera ammobiliata, scriveva lunghi e buoni articoli e vinse addirittura un Premio Mussolini con un pezzo su quel massone un po' ridicolo di Giuseppe Garibaldi, che a Livorno battezzò una bimba con il vino dicendo: «Io ti chiamo Libertà».

Manzini teneva anche conferenze, e moltissima gente andava ad ascoltarlo, e tra il pubblico c'erano tante donne. A Bologna non capitava spesso di incontrare un gentiluomo di bell'aspetto, capelli grigi e sorriso incoraggiante che aveva scelto la verginità.

La purezza di cuore si scopriva anche nel candore dei suoi discorsi. A un banchetto nuziale, fece il sermone di circostanza e attaccò così: «Quando lo sposo lo infila alla sposa...». Solo lui pensò all'anello.

Di quel tempo ho in mente alcuni fatti memorabili che animarono la cronaca della città. Credo debba essere citato Cadranel, ovvero il Grande Digiunatore. Era un falso indiano, se non sbaglio nato in provincia di Sassari, lunga barba nera, occhi ardenti, fisico da bramino: magro, spiritato.

Si faceva chiudere in una specie di bara di vetro e, a pagamento, si poteva andare a vederlo assopito, mentre aspettava la fatale scadenza: un mese intero senza toccare cibo.

Rappresentava anche una certa ascetica virilità e tra le ammiratrici c'erano tante mogli di irrefrenabili mangioni che pensavano: «Quello sì che è un maschio!».

Sembrava impossibile ai miei concittadini che un essere umano potesse resistere così a lungo alla tentazione di un piatto di tagliatelle. Molti sanno che il bifolco Bertoldo «morì con aspri duoli, per non poter mangiar rape e fagioli».

L'incanto si ruppe e il mistero venne chiarito. Quando il ritrovo dove si esibiva, a notte fonda, veniva chiuso per le pulizie, Cadranel svitava le pareti di vetro e si nutriva di cibi leggeri: la trovata che fece scandalo era il posto dove era occultato il cacciavite. Proprio lì.

Uscimmo in edizione straordinaria e si vendettero più copie che per la conquista di Addis Abeba.

Cara Lucia, come sembrano remote queste cose che ti sto ricordando, ma tu e io siamo cresciuti, siamo vissuti in un'altra stagione, con altri modelli. Allora si lavorava, per fortuna, anche a Natale, che è il momento in cui si avverte di più la solitudine. L'ultima edizione andava in macchina quando cominciava ad albeggiare. Risento ancora il fragore delle rotative.

E la notte è lunga e si presta agli abbandoni, alle confidenze. Ci sono momenti, capita più facilmente quando sono in viaggio, in una stanza d'albergo, e il sonno tarda ad arrivare, che io rivedo volti, corridoi, risento l'odore del piombo delle linotypes, della carta delle bozze bagnata, di fumo di sigaretta. Anche la stanchezza ha un profumo: di sudore, di camicie gualcite, di bucce di frutta che marciscono nei cestini.

Non è vero che, come qualcuno ha detto, non si è mai sicuri dei ricordi. Potrei disegnare quelle facce, ritrovo addirittura certe espressioni, certi discorsi. Il capo che arrivava trionfante, schioccando le dita: «Oggi tre!». Riferiva degli amplessi consumati con la signora. Una innocente esibizione della sua irresistibile virilità.

Ricordo la faccia un po' africana del «Filosofo». Lo

era davvero e aveva insegnato la materia nei licei. Con me continuava le lezioni, ma in modo scherzoso. Era un vecchio saggio, scapolo e solitario, e la sua conversazione procedeva per massime: «Si può aggiustare un braccio rotto,» diceva «ma non si può far niente perché non venga spaccato».

Io ascoltavo con la dovuta deferenza e mi pareva che in quanto diceva ci fosse del vero.

Qualche volta capitava in redazione anche Galvano Della Volpe, un raffinato intellettuale che insegnava all'università e si dichiarava marxista.

Era stato compagno di liceo del redattore capo, Giannino Zanelli, e di Riccardo Bacchelli.

A quei tempi Della Volpe era entusiasta di Hitler, che stava dilagando in Europa. Le colonne della Wehrmacht procedevano inesorabili. «Il Führer» diceva il Filosofo «ha il culo nel burro.»

Bacchelli lo conobbi più tardi: imponente, placido, cordiale e ironico. Dicevano che aveva scritto «almeno dieci milioni di parole».

C'è ancora qualcuno che legge Alfredo Panzini? Mi mandarono a Bellaria – fu uno dei miei primi servizi – a intervistare la vedova, la signora Clelia. Erano appena stati pubblicati i suoi romanzi in un grosso volume.

Mi accompagnò nello studio del professore, come lo chiamavano i mezzadri. C'erano sulla scrivania i registri dei conti colonici, con le nascite e il peso dei vitelli, la resa del grano e delle verdure, le ricevute delle tasse pagate e qualche edizione dei classici latini.

C'era anche la napoletana, la macchinetta con la quale ogni mattina alle cinque si faceva il caffè prima di mettersi a lavorare. Spalancava le imposte e sentiva il respiro del mare e il profumo della terra ancora umida di rugiada.

Gli piaceva vivere da queste parti. C'erano i suoi pochi amici, sensali, pescatori, ortolani, andava volentieri in piazza a trattare la compera di un paio di buoi o a vendere i maialini appena nati. Veniva a trovarlo Marino Moretti, il solo letterato con il quale aveva confidenza. Scomparso anche lui.

A Milano e a Roma si sentiva in esilio, fuori del suo mondo. Indossò, forse con un certo orgoglio, la divisa di accademico d'Italia, con le frange d'argento e la feluca, perché stava a indicare una delle poche vittorie della sua vita. Lo avevano umiliato come insegnante, bocciandolo ai concorsi e qualche volta stroncato come scrittore. Confessò: «Ho mutato il dolore in quello che qualcuno, benevolo, chiama umorismo».

Aveva imparato a sorridere non solo delle debolezze degli altri ma anche delle sue.

Ma sostanzialmente vivevo di cronaca. Qualche volta, di notte, passavo al commissariato della stazione. Con il dottor Criscuolo, che la dirigeva, eravamo diventati amici, era poco più vecchio di me.

Capitai una volta che c'era il signore delle ghette bianche, esibiva anche una gardenia all'occhiello, parlava compito. Lo avevano pescato mentre andava a caccia di ragazzini al Luna Park di piazza 8 agosto.

«Io» cercava di giustificarsi «sono un poeta.»

«No,» diceva sempre garbato il dottor Criscuolo «lei è un busone.»

Il termine è dialettale – oggi si dice «gay».

«Ma perché?» gli chiedeva con fastidiosa insistenza il poliziotto.

«Perché a me piacciono le cose immorali.»

Le notti al commissariato: ho in mente le facce dei fermati, le barbe blu sotto la burocratica lampada di opaline verde, gli occhi segnati, le parole stanche dei lunghi interrogatori. Verso l'alba sfilavano sui marciapiedi i detenuti in trasferta. Accompagnati dai carabinieri, legati con catenelle d'acciaio, tra le mani una cassetta di legno o una valigia di fibra, qualcuno una pagnotta. Che tristezza, pensavo ai deportati dei romanzi, lungo il Volga o in Siberia.

Mi assunsero al *Carlino-Sera*. Facevo l'estensore delle notizie che mi portava un vecchio cronista, Ezio Cesarini, grande reporter e grande amico di marescialli e di piantoni, sempre con il sigaro tra i denti e sempre disponibile per una sosta al bar. Venne fucilato da quelli di Salò e scrisse ai figli che moriva come Nazario Sauro.

La redazione aveva un sovrano, il direttore, ma era suddivisa in molti feudi: lo sport e la finanza, gli spettacoli e la politica estera.

C'erano, ovviamente, come in tutte le società, i vecchi al tramonto e i giovani leoni, ansiosi di prendere il loro posto. I vecchi erano tristi e disincantati, perché pensavano che non c'era niente di nuovo e che tutto era già accaduto. Non c'era più un fatto o un avvenimento capace di stupirli.

Al mio superiore premeva prima di tutto non avere noie con le Autorità (maiuscolo, mi raccomando): «Siamo proprio sicuri? Il signor Questore lo sa?» era la sua ossessione.

Lavoravo accanto a un collega ebreo che il ministro Grandi, il nostro editore, proteggeva. Era un ottimo impaginatore e, con la scusa che faceva il tecnico, non gli rompevano troppo le scatole. Non poteva inquinare l'ideologia. Ricordo che camminava quasi strisciando accanto ai muri, come per non farsi notare. Penso che il giornale gli facesse un po' schifo: ogni tanto mi diceva: «Hai visto il *Corriere*? Leggi Malaparte in "terza"».

Anni dopo Malaparte l'ho conosciuto, a Roma. Era estate e gli faceva compagnia una stupenda ragazza americana. Una indossatrice, dicevano. Aveva gli occhi azzurri come il vestito, gambe nere e lunghissime, sfoggiava sandali che assomigliavano ai calzari.

Malaparte non la portava in giro, la esibiva. Lui era un bell'uomo con una splendida donna. Abbronzato, capelli in ordine, begli abiti. «A una certa età,» consigliava «niente camicie e cravatte. Sottolineano le rughe del collo. Morbidi maglioni, invece.»

Ne aveva di tutti i colori ma insisteva sul giallo. Era avvolto dalla fama del bastian contrario, del maledetto. Io lo avevo ammirato quando leggevo le sue corrispondenze dall'Unione Sovietica. Indimenticabili. Era stato un gran fascista, era l'inventore dei versi: «Spunta il sole e canta il gallo / Mussolini monta a cavallo».

Poi aveva criticato il regime e lo avevano mandato al confino: per le «grandi firme» usavano un certo riguardo e sceglievano località amene. Capri, nel suo caso.

Giuseppe Prezzolini mi raccontò che durante una vacanza lo aveva incontrato in esilio a Forte dei Marmi. «Vorrei presentarti la mia fidanzata,» disse Curzio «è un'americana.»

Era la madre di Gianni Agnelli, si chiamava Virginia, vedova dell'ingegner Edoardo. Prezzolini la ricordava innamoratissima, non sapeva nulla di letteratura, ma guardava incantata il suo compagno, seducente e beffardo, guerre e polemiche, duelli e bravate da squadrista.

Quando stava per morire, Malaparte confessò che gli dispiaceva andarsene prima di Montanelli.

Tra i miei protettori c'era anche il telefonista Carletto Chinellato. Morì durante un bombardamento. Era un tipo unico e sono certo che fu il solo italiano che mandò allora il Duce a fare delle pugnette.

I fatti si svolsero in questo modo. Mussolini si trovava in vacanza a Predappio quando decise di abolire il dazio sull'uva. Si poteva finalmente fare il vino nella propria cantina senza dover pagare quel balzello allo Stato. Era indubbiamente un provvedimento a favore del popolo, particolarmente apprezzabile in Emilia, dove era consuetudine fare arrivare i contadini con una botticella di mosto di lambrusco o di albana.

Tutti i giornali, come era ovvio e doveroso, annunciarono la lieta novella tranne, scherzo della fatalità o osservanza di una consolidata consuetudine, il *Carlino*, il cui motto, sussurravano i redattori più maligni era: «Vi daremo domani le notizie di ieri».

Mussolini, che era giornalista anche lui, notò subito quel grave «buco», come si chiama in gergo una notizia importante non data, e chiamò direttamente la direzione, ma a rispondergli fu Carletto.

Carletto: «Pronto, *Carlino*. Chi parla?».

«Sono Mussolini. Passatemi il direttore.»

Carletto: «Ma va a fer dal pep».

Non occorre la traduzione. Carletto pensò a uno scherzo. Più tardi, quando gli spiegarono chi era veramente il suo interlocutore telefonico, ebbe una forte crisi epatica. Per tre giorni di fila non si fece vedere: temeva qualche punizione e gli inevitabili sfottò della redazione.

Con i potenti, bisogna dirlo, non aveva fortuna. Era estate, c'era l'oscuramento e Carletto aspettava il suo turno prendendo il fresco seduto sulla scalinata d'ingresso. Direttore del *Carlino* era allora Armando Mazza, un ex futurista, che aveva sostenuto le idee di Marinetti prendendo a colpi di sedia e gridando «Abbasso il chiaro di luna» i cosiddetti «passatisti». In gioventù si era fatto un nome anche nella lotta greco-romana.

Quella sera, dunque, il dottor Mazza, reduce dalla consueta e abbondante cena, stava recandosi in ufficio, ma, oppresso da una certa pesantezza e non avendo notato la presenza di Carletto, piccolo e quasi nascosto in un angolo, alzò lentamente la gamba e mollò una lunga e rumorosa scoreggia.

Fu allora che Carletto, scosso da quel suono, pronunciò un inopportuno: «Buona sera, dottor Mazza».

Non ebbe risposta, ma capì che tra lui e il direttore da quel momento non poteva più esserci la cordialità di prima.

Ogni sera arrivava in redazione il Foglio di disposizioni. Mussolini ordina, quando la Wehrmacht invade la Polonia, e noi stiamo fermi, di non parlare di neutralità ma di non belligeranza. E poi: «1° settembre. Il comunicato del Consiglio dei ministri va dato su otto colonne. È vietato ogni strillonaggio. Il telegramma del Führer al Duce va dato in "palchetto". Non abboccare a notizie tendenziose di fonte straniera. Astenersi da qualsiasi commento».

Com'è lontana la Bologna di quegli anni. C'erano ancora i ruscaroli, con il carro trainato da un grosso cavallo, suonavano la tromba e le donne scendevano con i rifiuti. C'erano i fiaccherai, con la bombetta e la giacca di stoffa lucida. Davanti alle porte delle chiese i ciechi, che indossavano tutti una palandrana rossa, stendevano la mano per chiedere l'elemosina.

Mi passarono all'edizione del mattino: avevo fatto un altro passo nella mia «carriera». Ricevetti le istruzioni d'uso: tutto maiuscolo. Il Prefetto, il Maresciallo, Monsignore. Le abboffate delle autorità, in occasione delle ricorrenze, dovevano essere definite «ranci camerateschi». In seguito divennero «agapi fraterne», e per i laici «riunioni conviviali» o anche «pranzi di lavoro».

Il 10 giugno del 1940, cara Lucia, mi mandarono a cercare di raccontare come aveva reagito la gente alla dichiarazione di guerra.

C'era dovunque diffuso un senso di angoscia, ma il giorno seguente, sul *Popolo d'Italia*, il quotidiano del Duce, si poteva leggere: «Ancora una volta Mussolini ha pronunciato la parola paurosa e fascinatrice: guerra».

Giorgio Pini mi raccontò poi di un incontro che aveva avuto con il Duce a Palazzo Venezia poche ore prima di quel discorso fatale.

«Ogni tanto Mussolini prendeva e mangiava alcune ciliegie da una fruttiera posta in un angolo del grande tavolo sul quale erano stese ampie carte geografiche dell'Europa. Disse che il conflitto sarebbe durato a lungo, e con sempre più estese complicazioni: non sarebbe finito neppure dopo la sconfitta della Francia e dell'Inghilterra.

«Ascoltai in redazione quel discorso trasmesso alla radio. Mi parve di essere il solo a notare una certa inclinazione della voce nel suo grido finale: "Vinceremo!", quasi un cedimento provocato da una recondita angoscia.

«Quella sera ero ancora in casa a scrivere il commento, quando mi girarono una telefonata da Roma; mi chiamava il Duce. Mi chiese dello stato d'animo dei milanesi, e gli risposi che in quel momento era in corso il primo allarme aereo nella città totalmente oscurata.»

Noi del *Carlino*, quando suonava la sirena, ci recavamo nel rifugio della Montagnola. Era stato scavato sotto la collinetta e le bombe potevano colpire soltanto i vecchi ippocastani.

Arrivavano anche le ragazze delle case chiuse accompagnate dalle direttrici, con i vestiti infilati in fretta e sul volto le tracce del trucco pesante.

Non so, cara Lucia, se mi resi conto della tragedia che stava per cominciare. Credo di no. E poi la guerra esercita un fascino sinistro. Pensi che se l'avventura va male va male per gli altri.

Io, due volte al giorno, facevo diligentemente le stesse visite: il commissariato della stazione, il comando dei carabinieri e l'Ospedale Maggiore. Il *Carlino* mi aveva abbonato alla rete tranviaria e dato un tesserino dove c'erano la mia fotografia – un giovanottino magro tutto occhiali –, la firma del direttore e la richiesta alle autorità di facilitare, fin dove era possibile, il mio lavoro di cronista.

Mi tornano in mente le lunghe tradotte dei soldati e dei prigionieri, le locomotive avevano le luci dei fanali schermate di blu. I prigionieri erano ragazzi inglesi, mi sembravano molto magri, con quelle gambette da struzzo che uscivano dai pantaloncini corti.

«Please, water, acqua» chiedevano. E quelli della Milizia ferroviaria andavano a riempire le borracce.

Quando uscivo dal giornale percorrevo via Roma, quasi deserta. Grossi topi uscivano dalle fogne in cerca di rifiuti, correvano sull'argine del Reno tra latte di conserva di pomodoro e mucchi di spazzatura. Albeggiava. Incontravo due donne che andavano a lavorare in una fabbrica di carne in scatola per i soldati. «Buongiorno» dicevo io. «Buonanotte» rispondevano loro. In certi momenti basta poco per diventare amici.

A casa mi aspettava una fetta di castagnaccio o un panino con la mortadella, che era diventato duro e secco.

Mia madre, per farmi sapere che era sveglia, dava qualche colpo di tosse. Voleva che andassi a letto. Io, invece, per un po' mi mettevo a leggere: la bocca cattiva, la stanchezza e i sogni che diventavano incubi. Qualcosa stava precipitando nel mondo e nella mia piccola vicenda. Ma nel frattempo la sorte mi aveva concesso il dono più prezioso che abbia mai ricevuto nella mia vita: ti avevo conosciuta.

V

SPOSI IN TEMPO DI GUERRA

Cara Lucia, anche il modo in cui ci siamo conosciuti è stato, come la nostra vita in comune, del tutto normale, qualcuno direbbe addirittura scontato, ammesso che in amore ci sia mai qualcosa di scontato.

Ci siamo conosciuti una domenica del 1940 – la guerra era già scoppiata – a casa di una tua amica che era una maestrina come te, in occasione di una di quelle festicciole di famiglia – allora le chiamavano così – in cui gli invitati arrivavano con una bottiglia di vermut, una torta fatta in casa o l'ultimo disco di Rabagliati.

Ci presentarono: «Lucia Ghetti» mi hai detto. E io, quasi per farti vedere che ero un giornalista: «Ti chiami come la nonna del Duce... Parenti?». No, non lo eravate in alcun modo. Indossavi, lo ricordo perfettamente, un golf a righe grigie e marrone e avevi una bella faccia pulita e serena.

Cominciammo a parlare e io mi atteggiavo a uomo vissuto anche perché stavo per partire per «ragioni di servizio». Dovevo andare a Roma a fare un servizio su Cinecittà. «Io sono uno che non si sposerà mai» affermai solennemente. «Come si fa con il mestiere che faccio?» Io avevo ventun anni e tu uno di meno. Continuammo a parlare e, verso sera, ti accompagnai a casa. Poi da Roma ti mandai una cartolina.

Fu così che cominciò la nostra lunga storia – sessantadue anni – e nel 1943, quando nell'aria non c'era proprio nulla che induceva all'ottimismo, ci sposammo.

Durante il nostro fidanzamento i miei ti hanno accolto con estremo affetto. Papà, se per caso io ero lontano per motivi di lavoro, veniva da te per invitarti a pranzo. Eri orfana di padre ed eri stata a insegnare, per un certo periodo, anche a Napoli. Poi eri riuscita a ritornare a Bologna e continuavi a fare la maestra.

«La signorina fa l'amore con un giornalaio!...» ti gridavano dietro i tuoi allievi quando uscivi di scuola e io ti aspettavo. Inutile dire che quel «giornalaio» ero io. «La signorina è fidanzata con un giornalaio.» Avevi un fratello che faceva il sarto e che ha passato la novantina.

Il nostro amore fu la piccola storia di due ragazzi di quel tempo che cercavano l'uno nell'altra quella sicurezza che il mondo in quel momento non poteva offrire.

Ci siamo sposati a Pianaccio nel dicembre del 1943. Ci fu anche il banchetto nuziale: un coniglio e una torta che tuo fratello aveva portato da Lugo di Romagna. Non c'era molta gente: noi due, i testimoni – che erano poi i nostri fratelli –, i parenti più stretti.

Ci fu anche un equivoco che ci fece sorridere. Il sacerdote che celebrò la cerimonia, scambiò mio fratello Francesco per lo sposo e gli fece promettere che ti sarebbe stato fedele per tutta la vita, cosa che lui non ebbe alcuna difficoltà a promettere. La faccenda in fondo non lo riguardava.

Per me invece quello era un impegno da rispettare in modo assoluto. Tu e io, Lucia, appartenevamo a un mondo ben diverso da quello di oggi. Per me era un dovere rispettarti. Dovevamo esserci fedeli non perché fossimo due santi o non ci fossero tentazioni, ma perché ci avevano insegnato che era giusto fare così.

Vivevamo in un tempo più convenzionale, dove credevamo a quanto ci veniva insegnato. Intendiamoci, non mancavano certo i «peccatori», le passioni grandi e travolgenti, i dolori. C'era di tutto. Ma c'erano anche coloro ai quali non pesava rispettare le regole, comportarsi bene.

Ho sempre cercato di avere riguardi per te, cara Lucia, per quanto mi era possibile. Anche assumendo atteggiamenti che oggi farebbero sorridere le nostre figlie e i nostri nipoti.

Ricordi, ad esempio, la nostra prima notte? Praticamente non c'è stata perché avevo come l'impressione di aggredirti, di usarti una sorta di violenza.

Infatti, al termine di quel banchetto di nozze, era per me molto difficile dire: «Io e Lucia andiamo a dormire», anche perché quel pranzo assieme ai nostri parenti era stata una cena come tutte le altre, soltanto che tu e io ci eravamo sposati e avevamo cambiato camera. Ne avevamo una per noi due.

Sono rimasto alzato più a lungo del solito, poi ho preso il coraggio a quattro mani e ho detto: «Adesso andrei a dormire». Ricordi? È la pura verità.

Poi trovammo insieme la nostra prima casa, un appartamentino all'estrema periferia di Bologna, fuori Porta San Felice. Fu un'impresa molto difficile a causa dei bombardamenti che imperversavano sulla città. Io rincasavo la notte in bicicletta, anche negli anni difficili del dopoguerra, quelli del «triangolo della morte» e della violenza che li ha accompagnati. In seguito siamo andati ad abitare all'Osservanza, che è una bellissima collina, finché un giorno a Bruno Fallaci, lo zio di Oriana, tornò in mente quel ragazzo magro con gli occhiali che aveva incontrato a Firenze, in licenza, presso la V Armata. Ma non anticipiamo i tempi.

Mi ricorderò sempre di quella licenza perché ero riuscito ad andare anche a Roma e, quando ero tornato, avevo portato trionfante un bel po' di carciofi e un coniglio.

Mangiammo a quattro palmenti, ma non eravamo più abituati a cibi del genere. Da noi c'erano solo castagne, e tu sei stata così male che un medico brasiliano in forza al corpo di spedizione sul fronte della Garfagnana dovette farti un'iniezione di morfina.

A proposito di fame, ricordo che una sera – era prima dell'8 settembre –, al *Carlino*, «chiuso» il giornale, nell'ora delle confidenze, ci mettemmo a discutere di che cosa ci sarebbe piaciuto mangiare. Dissi che avevo una voglia matta di patate fritte e uova al tegamino. Quando uscimmo dal giornale, il nostro caporedattore ci invitò tutti a casa sua – aveva un piccolo podere nel modenese – e ci cucinò uova e patate fritte. Mangiai tanto che credevo di scoppiare perché non ero più abituato a nutrirmi in quel modo. Ricorderò sempre quei tempi duri, quella fame spaventosa.

Ma è stato proprio in quei giorni che abbiamo unito le nostre vite per sempre ed è stata una scelta che mi ha reso felice, la mia più grande fortuna.

Tu per me sei stata la sicurezza, il punto di riferimento della famiglia e anche la certezza che, qualsiasi cosa avessi mai combinato, saresti stata dalla mia parte.

Mi hai seguito ovunque, mi sei stata vicina in ogni momento e la mia, tu lo sai, Lucia, non è stata mai una vita semplice. Ho spesso avuto contro i politici; sono sempre stato dalla parte di quelli che non vincevano. Ma qualunque decisione abbia preso – di non rimanere in un giornale o di affrontare certi rischi – non ho mai, dico mai, avuto la preoccupazione di chiedermi: «A casa che cosa diranno Lucia e le nostre figlie?».

Certo ti ho sempre spiegato il motivo delle mie decisioni, abbiamo discusso fino in fondo, ma ho sempre saputo che, se avessi guadagnato dieci, avremmo vissuto con dieci; se avessi guadagnato cinque, quei cinque sarebbero bastati perché tu, Lucia, li avresti fatti bastare.

Lavoro perché non mi è mai stato un peso, perché mi piace e – posso confessartelo? – sono sempre rimasto sorpreso che mi abbiano pagato.

Poi mi sono capitate cose che non mi sarei aspettato: che i miei libri fossero tradotti, ad esempio. Non avrei mai pensato che in Giappone, in Russia, negli Stati Uniti, in Messico ci sarebbe stata gente che avrebbe letto le mie impressioni di cronista.

Il mestiere che ho scelto quando ero ancora un ragazzino mi ha dato tutto, anche i drammi che fare il giornalista comporta. Per raccontare quello che stava succedendo sono stato in posti dove la gente moriva in modo atroce: Vietnam, Libano, Somalia, ex Iugoslavia.

Quante guerre, quante tragedie, cara Lucia. Rivedo ancora le delicate fanciulle di Saigon. Con i loro pigiami di seta colorata, sembravano principesse, facevano le cameriere nelle basi degli americani, parlavano un inglese orribile e concedevano senza alcuna esitazione o ritegno la loro compagnia. Saigon era un bordello allegro e infernale. Piccoli ruffiani dagli occhi furbi e che sorridevano in continuazione per sfoggiare i denti ricoperti d'oro, offrivano agli sperduti GI la loro mercanzia: «Jack, vuoi passare questa notte con una bella ragazza?».

Dal buio di bar equivoci uscivano musica rock, profumi francesi e cassette di whisky rubato ai depositi Usa. Lungo i marciapiedi mendicanti e lustrascarpe reclamavano la loro quota di benessere: «Cinque piastre, per favore. John, maledizione, dammi cinque piastre». Dalla terrazza dell'Hotel Caravelle, dove erano alloggiati i corrispondenti, si vedevano, lontani, i lampi delle bombe al napalm e il vento portava il rombo cupo delle cannonate.

Beirut era l'insidia, l'incertezza, il fiato sospeso perché tutto poteva accadere da un momento all'altro. Accompagnai il generale Angioni mentre in jeep faceva un giro d'ispezione per i posti di guardia. Voleva far sentire ai suoi uomini che in quel buio, in quella minaccia viveva anche lui; rivedo i topi grossi e ripugnanti che si muovevano avidi in cerca di cibo, dovrei dire di morti, tra i detriti e le rovine. Erano i soli esseri che non avevano nulla da temere.

Per due giorni di seguito ho volato con il fotografo Gianfranco Moroldo su un minuscolo Piper da noleggio dall'aeroporto di Wilson, alla periferia di Nairobi, a Mogadiscio: una striscia di terra battuta vicino al mare, che avevano trasformata in pista. C'era solo un'antenna radio e una baracca.

Sulla spiaggia, soltanto qualche cormorano e alcune carcasse di carri armati – ricordo di altre battaglie – che arrugginivano al sole.

Quando scendemmo, trovammo ad aspettarci una camionetta con ragazzi dalle divise improvvisate che brandeggiavano una mitragliatrice pesante e agitavano in segno di saluto i Kalashnikov, quanto restava della fraterna amicizia di una volta con l'Unione Sovietica.

Mi facevano venire in mente gli eroici pezzenti di Pancho Villa. E tra loro c'era anche l'immancabile traffichino che immediatamente cercò di vendermi uova di struzzo dipinte. Erano la nostra scorta per quel viaggio all'inferno di nome Mogadiscio, una città abitata da morti che camminavano, da mercenari senza scrupoli e da ladri. Fu lì che per la prima volta incontrai non la rassegnazione per la morte, ma l'indifferenza per la vita.

Mogadiscio era avvolta da un lezzo opprimente, materie che si decomponevano, cose che marcivano, il fetore degli escrementi e delle fogne scoperte. Avevano rubato anche le tubature, non erano capaci di aggiustare le pompe dei pozzi e la poca acqua che riuscivano a raccogliere era inquinata da magnesio che agiva come lassativo su quei poveri disgraziati già consumati dalla dissenteria.

Non c'era un edificio che non fosse stato colpito dalle bombe dei mortai o scheggiato dai proiettili delle armi automatiche, altro non ho visto. Non ricordo un cane o un gatto, e le ville dove un tempo abitavano i commercianti di banane, i diplomatici, i ricchi erano state tutte saccheggiate, demolite o svuotate. Mattonelle, cessi, cavi elettrici, tutto si comprava, tutto si vendeva. Recita un proverbio somalo: «Chi ha un fucile domani comanderà». Ma chi, tra quei poveri fantasmi si sarebbe salvato? Quanti di quei bambini dalle faccine raggrinzite, dalla pancia gonfia, dalle gambe sottili come una canna di bambù ce l'avrebbero fatta?

Devo confessare che per un certo tempo ho pensato che soltanto i nazisti e le SS potevano compiere certe rappresaglie o applicare regole che non si conciliano neppure con la crudeltà della guerra. Pensa che gli storici hanno scoperto che nel bosco di Katyn migliaia di ufficiali polacchi erano stati uccisi con un colpo alla nuca dai soldati dell'Armata Rossa. I tedeschi, almeno in questo crimine, non c'entravano. La malvagità non ha bandiere.

Sono stato anche a Sarajevo. Amnesty International ha denunciato il caso di una donna che era stata violentata con una baionetta; a un'altra, incinta, avevano squarciato il ventre con una pugnalata.

Ho parlato con una donna che era stata violentata da cinquanta uomini. Un vecchio era stato costretto a far l'amore, nudo in un lager, con una ragazza che gridava.

Vicino allo Stadio Olimpico c'era un enorme cimitero: le croci dei cristiani, le colonne sepolcrali di legno dei musulmani. Qualcuno ha messo nella bara una bottiglietta con un cartiglio: si sappia almeno chi era il defunto.

Ero a Sarajevo quando aspettavano il papa. Per la prima volta non arrivò. Sui cartelli c'era scritto: «Mise Papa Ivana Paula II». Aspettavano soltanto che il pontefice li benedicesse.

Quanti viaggi ho fatto nel dolore e nel pericolo, ma tu e le nostre figlie non mi avete mai condizionato. Non abbiamo mai litigato per il mio lavoro. Quando ho deciso di lasciare il *Carlino*, piangevo. Pioveva, me ne andavo da Bologna, la mia città, venivo a Milano, avevo paura. Ricordi quando con Bice e Carla – Anna non era ancora arrivata – andavamo in piazza del Duomo a mangiare un gelato tenendoci per mano per paura di perderci? Milano ai nostri occhi sembrava troppo grande per noi.

Sì, Lucia, mi hai voluto un bene così forte che, al di là dei miei difetti, tutto è passato in secondo piano. Quando ti ho conosciuta, insegnavi e, se ce ne fosse stato bisogno, avresti continuato a farlo. Agli inizi, in casa non c'erano molte comodità e non è che io potessi provvedere altrimenti. Far venire qualche volta una donna a fare le pulizie era quasi un lusso. I nostri primi mobili li ho comperati a Cantù. Ricordo che il mobiliere ci ha regalato una Sacra Famiglia con san Giuseppe falegname che abbiamo poi data a una nostra cugina. Insomma, ci siamo sposati proprio contando il centesimo.

Ma abbiamo sempre avuto la sensazione, la certezza di stare costruendo qualcosa. Non abbiamo mai immaginato programmi ambiziosi, non abbiamo mai costruito castelli in aria.

Sii serena, Lucia; abbiamo sempre fatto il nostro dovere, il nostro «compito» – come diceva mia madre –. E adesso, anche se tu mi hai lasciato, continuo a lavorare. Un foglio di carta, una biro e mi faccio compagnia. Quando sollevo lo sguardo, vedo le fotografie tue e di Anna e so che continuate a essermi vicine.

Ogni giorno è una sorpresa e una meraviglia. E ogni notte – dopo averti augurato la buonanotte – la stessa preghiera: «Signore, abbi misericordia».

VI

MILANO, ALL'EPOCA DI MONDADORI

Cara Lucia, era il 1951 quando dovetti prendere alcune decisioni che avrebbero segnato per sempre la nostra vita e quella delle nostre figlie.

In quel lontano novembre ero ancora un giovane giornalista del *Resto del Carlino* e mi mandarono in Polesine per l'alluvione che l'aveva sconvolto. Adria, una cittadina polesana, era rimasta isolata dal fiume in piena, anche l'ultimo tentativo di raggiungerla era fallito. Sette chilometri di acqua limacciosa ci dividevano da quel piccolo centro.

Un mezzo anfibio, che i pompieri avevano messo a disposizione di noi giornalisti, si era bloccato per la fanghiglia, mentre le barche a motore non erano in grado di resistere alla furia della corrente. Non sapevamo più nulla degli abitanti che non erano riusciti ad abbandonare le case investite dalla piena.

Strade interrotte, anche un ponte su un canale era crollato. Una colonna di cucine da campo sostava, inutile, su una piazza. Anche le comunicazioni telefoniche erano cessate. A Ravanello si vedevano tre figurine su un tetto, due bambini e una donna. Aspettavano che qualcuno venisse a soccorrerli. Su un argine si era radunata una piccola folla. C'era anche il padre che piangeva, piangevano tutti.

Era molto difficile persuadere i contadini ad abbandonare le loro bestie o le loro povere cose. Prima si doveva mettere in salvo la gente. In una località già inondata, Bellombra, bisognava andare a prendere una donna che stava per partorire. Una giovane ostetrica partì a bordo di una barca: «Lo chiameremo Rottiglio o Rottiglia,» mi disse, «come usa fare qui, quando nasce un bambino durante la rotta».

Ricordo ancora le inquiline di una «casa chiusa» che ad Adria, scarmigliate e in camicia da notte, urlavano ai barconi dei soccorritori dal locale assediato dalle acque, la disperazione dei contadini sugli argini dei campi sommersi, i granai allagati, le bestie impazzite per il terrore e la fame.

Tutti i disastri si assomigliano. L'acqua torbida che sale inesorabilmente, le facce stravolte alle finestre di piani che non sono stati raggiunti dall'inondazione, i muggiti disperati delle mucche sugli argini, le povere cose – ricordo anche una culla – che scompaiono, portate via dalla corrente, la pioggia insistente, senza sosta per ore e ore, le carcasse delle auto travolte dalla piena del grande fiume. In momenti come quelli non potevo evitare di pensare a quanti destini trovavano il loro compimento nel giro di poche ore.

L'Italia, poi, ha anche la monotonia del dolore, l'abitudine alle sciagure; sui muri di alcune case di Roma, occupata prima dai nazisti e poi dai «liberatori», una mano ignota scrisse: «Andatevene tutti, lasciateci piangere da soli».

Quello, cara Lucia, fu il mio ultimo reportage per il *Carlino*, l'ultimo di tanti. Nel novembre del 1947, ad esempio, mi mandarono a Londra per le nozze di Elisabetta, la futura regina d'Inghilterra, con Filippo di Mountbatten. Era ancora in vigore l'austerità e al ristorante dovevi subito affrontare una scelta imbarazzante: o una fetta di torta o un po' di pane.

Ricordo ancora quella giornata di tardo autunno inglese. Il sole, che appariva a tratti, faceva brillare gli ottoni delle fanfare delle Guardie di Sua Maestà, i finimenti degli equipaggi, i nastri d'oro dei palafrenieri.

Sul trono c'era allora Giorgio VI che, in divisa di ammiraglio della Royal Navy, accompagnava, sul cocchio irlandese, la figlia all'abbazia di Westminster.

La giovane Elisabetta stringeva un bouquet di orchidee, era leggermente truccata da un velo di cipria e di rossetto, il velo che le copriva i capelli era trattenuto da un diadema di perle.

Mio compagno di viaggio e di lavoro era Enrico Emanuelli, un grande, attento, minuzioso giornalista, uno scrittore finissimo. Qualcuno lo ricorda ancora? Andammo a cena con il colonnello Stevens – il famoso colonnello «buonasera» – che durante la guerra si rivolgeva agli italiani per raccontare loro i disastri di Mussolini dai microfoni di Radio Londra. Un vero gentleman, ma mi sembrò un sopravvissuto.

Fui invitato con Enrico a colazione alla Camera dei Comuni (quella dei Lord la stavano restaurando). A un tavolo, solo, sedeva Winston Churchill. Aveva davanti due bottiglie, una di champagne e una di cognac. Il menù era eguale per tutti: pernice allo spiedo, una pietanza che odio: è difficilissima da mangiare per la sua carne filamentosa e gli ossi, in particolare, creano seri inconvenienti nella deglutizione. Sì, mangiare una pernice è una cosa, almeno per me, piuttosto complicata, come dare un calcio a un piccione. È sempre mezzo metro più avanti.

Allora erano al governo i laburisti di Clement Attle e avevano appena nazionalizzato «in nome del popolo» le miniere di carbone. Ci portarono a vedere la *colliery* di Trehafod, dove Richard Llewellyn aveva ambientato il suo romanzo più famoso: *Com'era verde la mia vallata*. Ci lavoravano mille persone e la valle della Rhondda, che una volta era verde, sfumava nel nero o nel grigio: le case, i prati, i volti dei minatori che scavavano il carbone.

A Birmingham, poco prima di ripartire per l'Italia, acquistai una carrozzina per bambini sulla quale, dopo nostra figlia Bice, hanno viaggiato decine di neonati: «Made in England», robustissima.

Quel viaggio, cara Lucia, sarebbe stato il primo di una serie che mi avrebbe portato in giro per il mondo attraverso meridiani e paralleli, ma in fin dei conti, almeno dentro, non mi sono mai allontanato dalla piazza del villaggio in cui sono nato. Non ho mai avuto il gusto dell'avventura. Quello che ho fatto, l'ho fatto per lavoro, per raccontare agli altri le cose che vedevo.

Oggi poi non ho bisogno di cercare emozioni, perché non mi annoio. Ho già avuto. Non ho i problemi della giovinezza, non devo scegliere. Solo cercare di non fare del male. «Tutto arriva tardi,» diceva Flaiano. «Non parliamo poi della morte che arriva quando non ci interessa più.» Ormai, cara Lucia, non faccio progetti a lunga scadenza: mi basta domani.

Ma torniamo a quegli anni che vanno dalla fine della guerra a quel fatidico 1951/52 che impresse una svolta decisiva alla mia vita. Ero redattore al *Resto del Carlino*, ma ero anche direttore di *Cronache*, un giornale che avevo messo in piedi con 250.000 lire (una grossa cifra per quei tempi) che mi aveva prestato un parente che faceva il rappresentante di stoffe. Ne vendevamo 14, 15.000 copie ed eravamo in cinque a farlo.

Io facevo il direttore (perché quel gioco, in fin dei conti, l'avevo inventato io), gli altri compagni di avventura erano Giorgio Vecchietti, Massimo Dursi buon commediografo, rappresentato anche al Piccolo Teatro di Milano, Lamberto Sechi.

Ci occupavamo esclusivamente di attualità e sulle sue colonne hanno scritto personaggi come Paolo Monelli, Virgilio Lilli, i migliori, insomma. E poi *Cronache* mi è particolarmente caro perché mi ha fatto conoscere quello che è stato il più famoso amico che abbia mai avuto: Federico Fellini.

Federico si presentò un giorno a *Cronache* con il suo sorrisetto stampato sulle labbra: «Sono pronto a collaborare con voi se mi date qualcosa d'anticipo». Era molto magro, probabilmente per la fame. Voleva disperatamente guadagnare un po' di soldi e avrebbe scritto qualsiasi cosa. Allora faceva gli sketch per Aldo Fabrizi. Lo abbiamo accolto tra noi, ma non ha mai scritto niente. Da quel momento, però, le nostre strade si erano intrecciate per sempre.

Sì, cara Lucia, quella di *Cronache* è stata un'avventura entusiasmante e ricca di umanità, ma ormai la «grande editoria» mi stava chiamando.

Ero stato per la prima volta a Milano verso la fine del 1945. Si doveva attraversare il Po su un ponte di barche, le strade avevano ancora i segni dei bombardamenti e giravano anche bande di rapinatori. Viaggiavo assieme a Giorgio Vecchietti e saremmo andati a dormire da un suo amico avvocato, in un appartamento privo di riscaldamento. Ricordo che il nostro ospite a un certo punto ci disse: «Ho deciso: mi iscrivo nei repubblicani. È un partito piccolo e forse lì è più facile far carriera». Tangentopoli, vedi, ha origini lontane.

Una sera andammo al Lirico: c'era la compagnia di Erminio Macario che rappresentava una rivista per quei tempi sfarzosa, *Febbre azzurra*, e la soubrette era Lea Padovani. Macario, che conoscevo da tempo, si era preso una bella cotta per Lea, ma più tardi mi confidò che non riusciva proprio a capirla. Lei era entusiasta degli scrittori americani, di Caldwell in particolare, e continuava a parlargliene. Lui stava ad ascoltarla ma dopo un po' non riusciva a trattenersi e le rifaceva il verso: «Senti, Erminio, che poesia: "La terra è buona, la terra è buona, assaggia la terra"».

Tuttavia quel mio primo incontro con Milano lasciò dentro di me una sensazione di freddo, di pioggia, pensavo alle storie di Marotta. Le ragazze mi ricordavano le dattilografe dei romanzi di Luciana Peverelli, tutti avevano fretta, sembravano non avere mai il tempo per fermarsi un attimo. Al bar abbreviavano perfino le parole:

«un cappuccio», qualche sillaba risparmiata. Rimasi colpito da un manifesto sacro esposto sulla facciata della chiesa di San Calimero; cominciava così: «Date e vi sarà reso al cento per cento».

Sì, Milano mi riempiva di sgomento. Mentre andavamo in Inghilterra per il matrimonio di Elisabetta confidai a Emanuelli tutte le mie paure e i miei dubbi, ma lui, che era di Novara, ci si trovava benissimo e mi ammonì: «L'editoria è Milano».

Il destino aveva già deciso per noi. Pochi mesi dopo l'alluvione del Polesine Bruno Fallaci, che allora era direttore di *Epoca*, la rivista più importante della Mondadori, si ricordò di un sottotenente di nome Enzo Biagi che lavorava per un giornaletto dell'Emilia e che aveva conosciuto a Firenze, il giorno della Liberazione, nella sede della Propaganda americana e gli scrisse chiedendogli se voleva diventare caporedattore di quel giornale.

Allora stavo attraversando un momento difficile. Mi accusavano di essere un comunista per certi articoli che avevo scritti. Inoltre, avevo aderito al manifesto di Stoccolma dei Partigiani della pace, quello contro la bomba atomica, e qualcuno aveva subito colto l'occasione per dipingermi come un sovversivo.

A dire il vero, a un collega comunista che mi sottoponeva il problema avevo precisato: «Sono contro anche a chi fa "bum" con la bocca». Comunque ero stato ormai marchiato come «quel comunista di Biagi», e questo contribuì a farmi accettare la proposta di Bruno Fallaci.

Quando lasciai Bologna piangevo. Ma, dopo averne parlato a lungo con te, cara Lucia, avevo deciso e fu così che Bice e Carla, le nostre prime due bambine, diventarono, come noi, milanesi d'adozione. Anna, invece, nacque proprio a Milano.

Quanta paura, i primi mesi. In un film di Germi – *Il cammino della speranza*, proprio del 1950 – una donna siciliana costretta a emigrare al Nord diceva: «A Milano ci sta gente cattiva, mangiano il riso». Io, invece, mi convinsi che in quella città della nebbia c'erano tante persone laboriose e generose.

A Milano credo di avere trovato me stesso. Per me è una città giusta, non è chiusa, non è orgogliosa, non è razzista, non è diffidente perché è leale. Ti dà quello che ti meriti, non ti chiede particolari atti di fede, non devi rinunciare al tuo modo di vivere o di pensare.

«Milano», mi diceva mio zio Enzo che si era laureato al Politecnico «forma caratteri.» Che sono una merce piuttosto rara. Accoglie tutti, perfino i poeti che trovano editori e riconoscimenti. Tutti, o quasi, diventati milanesi: Salvatore Quasimodo, Alfonso Gatto, Raffaele Carrieri, Eugenio Montale, Giuseppe Ungaretti. Un rotocalco o un ufficio stampa lo rimediavano sempre.

Avevamo trovato casa in via Col Moschin, un appartamento al primo piano di proprietà di un allenatore di calcio, Ivo Fiorentini, credo che fosse emiliano anche lui. Avevo la sensazione che tutti i tram che percorrevano la via passassero per il nostro corridoio. All'inizio facemmo fatica ad abituarci al rumore, ai rumori della vita della grande città.

Fu in quell'appartamento che scrissi una commedia, *Giulia viene da lontano,* con la quale vinsi il Premio Riccione: 500.000 lire con le quali ti regalai una pelliccia di astrakan, la tua prima pelliccia. La Compagnia del Piccolo Teatro di Bolzano, il Carrozzone di Fantasio Piccoli con Adriana Asti e Romolo Valli la rappresentarono all'Olimpia, un teatro che non esiste più. Alla prima, tra il pubblico, c'era anche Riccardo Bacchelli che, dopo lo spettacolo, si rivolse ai critici: «Se questo qui» e mi indicò, «fosse francese, chissà che cosa scrivereste domani mattina».

Invece ero soltanto un giovanottino che faceva il caporedattore a *Epoca.*

Dopo solo tre mesi dal mio arrivo, Bruno Fallaci aveva

lasciato il giornale, sostituito da Renzo Segala, uno piuttosto di destra. Una volta, mentre stavamo discutendo con Arnoldo Mondadori – erano imminenti le elezioni –, gli si rivolse dicendo: «Presidente, purtroppo noi liberali non saremo molti», e mi fissava con insistenza. Dal momento che la tirava troppo in lungo dissi: «Cosa vuole, i nostri redditi ci dividono», e uscii dalla stanza.

Non andavamo proprio d'accordo e un giorno Mondadori mi mandò a chiamare e mi disse: «Segala mi ha informato che non la sente sufficientemente coinvolto». «Non siamo fidanzati,» risposi «ma vorrei sapere se c'è qualcosa che non ho fatto bene.» Mondadori non mi disse niente ma dopo un po' di tempo Segala diede le dimissioni e io fui nominato direttore di *Epoca*. Lo fui per otto anni.

Ricordi, cara Lucia, che cos'era allora la redazione di *Epoca* in via Bianca di Savoia? C'era Alfonso Gatto, c'era il giovane Enzo Bettiza che aveva appena scritto un bel romanzo politico, *La campagna elettorale* ed era un ex funzionario del Pci. Al primo piano c'era lo studio del Presidente con la targa con la rosa e il verso di Dante scelto come motto della casa editrice da Gabriele D'Annunzio: «In su la cima».

Appena ho potuto ho fatto assumere Giorgio Fattori, Giuseppe Pardieri, Tommaso Giglio e altri ancora. Volevamo fare un giornale nuovo, al passo con i tempi, e – fu un'idea di Cesare Zavattini, che era già a *Epoca* – creammo una rubrica che fu il vero specchio del nostro Paese in quegli anni: «Italia domanda». La curarono giornalisti come Giorgio Fattori, Enzo Bettiza, Alfonso Gatto, Gianluigi Rosa.

Capii che il giornale stava decollando e vincendo la concorrenza, soprattutto quella dell'*Europeo*, con il caso Montesi-Piccioni. Ho capito, ricordi?, che la gente ci seguiva, apprezzava il nostro lavoro. È stata un po' la scoperta dell'acqua calda: i lettori volevano i fatti, le grandi inchieste e le storie, e noi di *Epoca* glielo offrivamo.

Mi stavo facendo un nome e una reputazione, e mia madre diceva con orgoglio: «Per scrivere a Enzo basta mettere sulla busta: "Mondadori, Milano" e la lettera arriva».

Arnoldo fu un editore esemplare. Non interferì minimamente nel mio lavoro. Ricordo che era in ottimi rapporti con il Vaticano e proprio per questo avevamo potuto pubblicare alcune fotografie di papa Pio XII con un canarino, una cosa inaudita per quei tempi. Ce le avevano trasmesse direttamente alcuni monsignori. Tutto bene, ma qualche tempo dopo uno di loro mi chiese in cambio qualcosa che consideravo inaccettabile. Gli risposi di no, ma lui continuava a telefonare e allora gli dissi: «Sta scritto di alloggiare i pellegrini, ma non di metterli nel letto con la propria moglie», e la cosa finì lì.

Ho lavorato nove anni con Mondadori. Anche i figli lo chiamavano «il Presidente». L'Università di Pavia gli aveva conferito, *honoris causa*, la laurea in lettere, ma non credo che gli importasse molto essere il «dottor Arnoldo».

Tutte le domeniche entrava nel suo ufficio, anche se era Natale. Erano le ore in cui si confidava più facilmente. Non c'era nessuno: presente soltanto il fido usciere Eliseo Morandi.

Una volta mi parlò anche della morte. Disse che era stato al cimitero e che si era scelto un posto illuminato dal sole.

La sua filosofia era fatta di intuizioni semplici, che riflettevano la sua origine contadina. Quando parlava dell'infanzia il pensiero correva a una casa con il tetto di canne e a una donna di cui conservava sul tavolo una piccola fotografia in una cornice d'argento. Sua madre.

A proposito di alcuni suoi collaboratori che non considerava molti intelligenti, diceva: «Sono nati di dodici mesi».

Aveva un grande rispetto per la cultura e del prestigio che a questa si accompagna. Sul caminetto della villa che aveva a Meina c'erano le firme che testimoniano quasi un secolo della letteratura e della storia del mondo. Raccontava del suo incontro con Churchill. Lo statista inglese, mentre pasteggiava, si era bevuto una bottiglia di champagne e poi una di cognac, e lui, che non conosceva nessuna lingua straniera perché aveva fatto soltanto la quinta elementare, solo studiando il volto del grande vecchio e la sua espressione riuscì a trovare la strada per ottenere da lui le sue memorie. Qualcuno lo ha definito «un suonatore di violoncello»: sapeva come affascinare i suoi interlocutori.

Quando apriva uno dei suoi libri o dei suoi giornali freschi di stampa sembrava che accarezzasse un fiore. Quando viaggiava in treno, soffriva quando vedeva le riviste abbandonate malamente sui sedili.

Quegli anni, cara Lucia, furono belli, ma come tutte le cose finirono. Era il 1960 e ci furono gli scontri di Genova e i morti di Reggio Emilia. L'ultimo articolo che scrissi per *Epoca* era intitolato «Sette poveri inutili morti», gli operai caduti durante gli scontri con la polizia. Il Governo Tambroni pretese il mio licenziamento.

Il Presidente si dimostrò molto generoso e leale con me. Accorse immediatamente da Portofino, mi abbracciò, mi baciò e piangeva in modo sconsolato perché era stato in qualche modo ricattato. Il Governo Tambroni usava, con gli imprenditori, metodi piuttosto spicci e sbrigativi.

Quando dovetti lasciare *Epoca* la rivista andava piuttosto bene. L'ultimo numero che ho firmato aveva una tiratura di 380.000 copie, raggiunte anche grazie a una campagna abbonamenti molto riuscita e a una bella iniziativa editoriale: «Il mondo in cui viviamo».

Il giorno in cui fu costretto a licenziarmi, Mondadori mi offrì una consulenza mensile di 500.000 lire – come direttore di *Epoca* ne guadagnavo 650.000. «Io le do un ufficio qui e lei intanto va alla *Stampa*.»

Telefonai subito a Giulio De Benedetti, il mitico direttore del quotidiano torinese, e gli dissi che mi avevano licenziato. «Ma che bella notizia!», fu la risposta. «Il primo di agosto tu parti per un viaggio all'estero e mi mandi una bella serie di articoli. Dove vuoi andare?»

«In Spagna» dissi, pensando che in qualche modo mi sarei arrangiato con la lingua.

«No, la Spagna no» fu la risposta di De Benedetti. La Fiat, in Spagna, stava costruendo uno stabilimento e forse avrà pensato: «Adesso questo mi scrive pezzi contro Franco e il suo regime».

«Scandinavia, allora.»

E sulla Scandinavia fummo entrambi d'accordo.

Quando tornai a casa, Lucia, ti dissi: «Mondadori mi vuole veramente bene. Non se la sente di buttarmi fuori del tutto», e ti parlai della sua proposta di collaborazione.

La tua risposta mi lasciò di stucco: «Se accetti una cosa del genere, non hai nessuna dignità! Sei stato direttore di *Epoca*. Nella casa dove sei stato il padrone, non puoi fare anche la donna di servizio. Va' a fare la cameriera da un'altra parte».

Il tuo ragionamento non faceva una grinza. Mi avevi dato una grande lezione, soprattutto di rispetto per se stessi.

Tornai da Mondadori e respinsi la sua offerta.

«Ma nella vita avremo ancora occasione di lavorare insieme», mi disse sconsolato.

«Chissà!» risposi.

Venti giorni dopo cadeva il Governo Tambroni.

VII

VIAGGI E PERSONE

«Scandinavia, allora» avevo detto a Giulio De Benedetti, cara Lucia, e la Scandinavia avrebbe segnato l'inizio dei miei lunghi viaggi per il mondo, alla scoperta di realtà per me nuove e alla ricerca, attraverso meridiani e paralleli, di storie e personaggi – piccoli e grandi – da raccontare a chi avesse avuto la pazienza di leggermi.

Ero già stato «in missione» all'estero, ma da quel momento ho cominciato a farlo in modo sistematico, cercando con il mio collaudato metodo di semplice cronista di fare parlare i fatti, di ricostruire atmosfere, di trasmettere in ciò che scrivevo la realtà di quanto io stesso andavo scoprendo.

Perché, in fondo, che cosa vuol dire viaggiare? Rompere delle abitudini e distruggere dei pregiudizi. Quanti drammi, quante storie ho vissuto: quella dei negri, dei vietnamiti, degli irlandesi, degli ebrei, degli egiziani, dei cinesi, e in più le mie.

Quante storie, quante persone, quanta gioia ma anche quanto dolore ho incontrato nei miei viaggi. La sorte mi ha portato lontano, e il mio lavoro mi ha fatto vivere in posti che, qualche volta, non sono nemmeno scritti sull'atlante. Ma in realtà adesso mi accorgo di non essermi mai mosso dal quel minuscolo paese, Pianaccio, da cui è cominciata la storia che ti sto raccontando.

Ritrovo il profumo degli anni giovani: di foglie marce, di faggio che brucia, di acacia in fiore; conosco il passare delle ore dai rumori che accompagnano il tempo. So come arriva il silenzio della notte: tra poco sentirò la civetta, che, come ha scritto un filosofo, spicca sempre il volo quando calano le tenebre, quando ormai per un breve attimo – per un istante troppo breve – si può intuire la realtà delle cose.

Voglio rievocare per te, cara Lucia, alcuni momenti di quei viaggi che mi hanno fatto conoscere e raccontare il mondo; lo so che oggi sono mutati, in certi casi irriconoscibili rispetto a quando li ho visitati; ma nella mia memoria non potranno mai cambiare. Aveva ragione Baudelaire quando ha scritto: «La vecchia Parigi non c'è più (l'aspetto / d'una città cambia più in fretta, ahimè! d'un cuore)... / Parigi cambia! ma niente nella mia malinconia / s'è mosso! Palazzi nuovi, impalcature, blocchi, / vecchi quartieri, tutto per me diventa allegoria / e pesano più di macigni i miei cari ricordi».

Ho visto l'America, in bilico tra la vocazione democratica che è alla base della sua nascita e gli obblighi (e le tentazioni) di superpotenza; la Russia, che allora si chiamava Unione Sovietica, divisa tra innocenza e totalitarismo, dove prima lievi poi sempre più forti scricchiolii – per chi avesse avuto la voglia e l'onestà di udirli – facevano intuire che il sistema, prima o poi, sarebbe crollato; la «dolce» Francia, con la sua gioia di vivere che ridestava in me i miti della giovinezza, con i suoi libri e i suoi grandi film; la Cina, prima gelosa e inflessibile custode dell'ortodossia del comunismo, poi patria del liberismo più sfrenato; l'Inghilterra, la culla della democrazia europea, con le sue tradizioni secolari che lasciano spesso stupito il visitatore; le due Germanie allora divise e poi riunite dopo più di mezzo secolo in seguito al crollo del Muro.

I resoconti di tutti questi viaggi sono stati poi raccolti dal mio editore sotto il nome – un po' pretenzioso – de «La geografia di Biagi»; tu lo sai che non era mia intenzione scrivere un trattato geografico-sociologico sui Paesi che andavo di volta in volta visitando, ma semplicemente dire liberamente quello che vedevo, scoprire storie che forse nessun altro avrebbe raccontato, conoscere l'anima delle terre che percorrevo. Solo questo mi proponevo, e mi sembrava una cosa già abbastanza ambiziosa.

Ma facciamo un piccolo passo indietro: dunque, in quel lontano 1961, mi preparai a partire per la Scandinavia, ma nel frattempo non ero rimasto con le mani in mano, anche quando i miei rapporti con la Mondadori si facevano via via sempre più difficili. Insieme con un grande amico, Sergio Zavoli, avevo realizzato uno dei primi «prodotti» multimediali mai apparsi sul mercato librario italiano: un libro-disco intitolato *Dieci anni della nostra vita*. Tutto era nato dal fatto che, in occasione di un mio viaggio in Germania, avevo visto un disco che raccoglieva alcuni discorsi di Hitler e mi ero detto: «Discorsi e musei, per buona parte del pubblico, sono una rottura di scatole; se invece raccontiamo gli anni che vanno dal 1935 al 1945, dalla guerra d'Africa alla Liberazione con le voci dei protagonisti, le canzoni dell'epoca, magari riusciamo a coinvolgere maggiormente i lettori...». Fu, per quei tempi, un successo strepitoso: 35.000 copie vendute e grazie ai diritti Sergio e io potemmo comperarci la casa.

Ero, così, diventato un inviato della *Stampa*, De Benedetti mi aveva offerto uno stipendio non inferiore a quello di *Epoca* e la libertà di collaborare a qualche settimanale. Godevo della massima libertà: andavo alla direzione di Torino ogni volta che cominciavo un'inchiesta per illustrarne il taglio. Non mi fecero mai alcuna obiezione. Scrivevo anche pezzi «di genere» da Milano: la prima alla Scala, una partita di calcio tra donne (una cosa che aveva dell'incredibile, allora), i primi numeri di spogliarello al teatrino delle «Maschere». Insomma un po' di tutto anche perché mi sono sempre considerato un generico: se De Benedetti mi chiedeva di scrivere un certo pezzo, lo facevo e consideravo la cosa anche con un certo orgoglio: «Me l'hanno chiesto» mi dicevo. Poi aspettavo la mattina seguente per vederlo pubblicato. Anche adesso, quando scrivo un articolo, non vedo l'ora che arrivi il giorno dopo.

E così, finalmente, sistemate tutte le cose, partii per Stoccolma dove compii quarant'anni e dove finalmente potei piangere. Era il mio compleanno, ero lontano dall'Italia, non mi sentivo bene, pioveva, faceva già freddo anche se era agosto, ero solo come un cane e, ora non posso più nascondertelo, quasi disperato.

Ero stato licenziato – non potevo nascondermelo –, avevo lasciato tutto un mondo (otto anni all'interno di un giornale ti segnano nel bene e nel male): persone, rapporti, momenti di lavoro, istanti di sconforto, tutto quello che accompagna la vita nel nostro mestiere.

Da allora ho pensato che i buoni direttori di giornale sono quelli che, una volta fatti fuori, sanno andare alla stazione, mettersi in fila e chiedere un biglietto di seconda classe per Porretta Terme, o Belluno, o Castegnato e ricominciare da capo, come ho dovuto fare io.

Quanti viaggi da quell'anno lontano, ma tu sai che sono rimasto sempre lo stesso: un vecchio cronista in cerca di qualcosa che possa interessare i lettori. Quanti incontri, e questi per me sono un bene prezioso e inestimabile perché ogni persona che incontriamo ci dona qualcosa, ci insegna qualcosa, ci trasmette qualcosa. Magari non ce ne rendiamo subito conto, ma poi – e il passare degli anni aiuta – capiamo che senza quegli incontri saremmo più poveri. Ho incontrato anche dei «criminali» e da loro, dalle loro parole, dalle loro insostenibili giustificazioni ho imparato a conoscere il volto del male, che spesso si cela dietro gesti cortesi, parole tranquille, ragionamenti impeccabili. Grazie a loro, cara Lucia, oggi so – e spero di non essere presuntuoso – riconoscere il male, e in questa età confusa, credimi, può essere molto.

Quanti ricordi: mi viene in mente il signore che ho incontrato, alle tre di un mattino, seduto sotto un lampione del Central Park, circondato da piccole falene; stava leggendo Shakespeare, era solo, ma mi pareva felice.

Quanti tipi strani: la vedevo, ogni sera, alle 17.45, facevo il cronista, sotto la pensilina del primo binario, di fronte al commissariato di P.S. della stazione: con la pelliccia di code di scimmia, la faccia pallida, da Pierrot, le sopracciglia sottili, come quelle di Marlene Dietrich, o di Brigitte Helm.

Aspettava il treno, come sempre, dal 1917: il marito, sottotenente, le aveva spedito un telegramma da Feltre: «Arrivo con tradotta ore 17.45». Un colpo di mortaio, dicevano, aveva interrotto il viaggio, ma lei era ancora lì ad attendere.

La targa che lessi su una porta, a pianoterra, nel palazzetto dove era nato Galvani, sotto il nome di un qualsiasi F. Malaguti: «Non sono il portinaio, non conosco gli inquilini, e non voglio conoscerli, non chiedo e non do informazioni, desidererei non essere disturbato».

Uno che amava la solitudine, ma Saul Bellow racconta la disperazione di un altro che, durante una deprimente domenica americana, telefona alla polizia: «Mandatemi qualcuno, mettetemi dentro con qualcuno, venite».

Sono stato a una cena con Enrico Fermi, e ho intervistato Sabin e Waksman, altri geni della scienza, ma nessuno uguagliava, nell'orgoglio, il signor Villa, esperto in bottoni, e perito del tribunale. Ne parlava non solo con ovvia competenza, ma con amore: come un botanico si appassiona all'infiorescenza o alla germinazione, lui si esaltava davanti ai suoi dischetti di legno, di osso, di metallo, o di madreperla.

Ho conosciuto un adultero che confidava all'amante i numeri del lotto sognati dalla moglie: la peccatrice puntò e vinse. Ma l'uomo venne cacciato dalla tollerante consorte per quell'insopportabile tradimento. E un assassino che inventava giochi per i fanciulli spastici mi diceva che adorava i delfini perché sono generosi, e ignorano il rancore. Mammiferi, mi ammoniva, non pesci.

Ognuno ha le sue manie, e il poeta Quasimodo si tingeva i capelli, una vampata di carota, e durante il caldo il colore si scioglièva, e qualche goccia finiva tristemente sul colletto candido.

La madre di due gemelli, quando accadeva qualche incidente, schiaffeggiava il primo che le capitava sottomano: «Non mi importa chi è stato a combinare il disastro; la vita non guarda in faccia a nessuno» diceva. L'ho sempre considerata una vera educatrice.

È proprio così, e lo dico serenamente, perché sono arrivato a quell'età in cui, come qualcuno ha scritto, «la vita è una sconfitta accettata».

Non ho invidie, che ho sempre considerate sentimenti sprecati, e neppure rimpianti. Posso guardare al passato con interesse, prima che arrivi l'indifferenza. Vorrei scriverne fin che sono lucido e non, come fanno molti, quando non si ricorda più niente o si tende a inventare.

È quello che pensa anche Gabriel García Márquez, che lo sta forse facendo, e ne parlavamo una volta al bar del Camino Real, a Città di Messico. Lui beveva whisky annacquato, e io «margherite», come mi consigliava, che sono un miscuglio di Tequila, Cointreau e limone; sembra niente, ma si fanno sentire.

Io dovevo andare in Colombia, e Gabriel mi spiegava la sua terra: sperduti borghi con l'alcalde, le guardie, il giudice, il parroco e il dottore, baracche con pareti di fango o di canna selvatica, il tetto di paglia o di giunco, piazze desolate, insetti strani, aria che sa di sonno, e odora di caffè e di cuoio.

Tutti i Paesi hanno un profumo, dicevo io, la Svezia di ceri, l'Ungheria di pane, l'Italia di tutto: vino, cappuccino, sudore forte, zagara o larice, la Russia di aceto, la Svizzera, credo, di niente.

Márquez descrive giovani mulatte scatenate nell'amore, zanzare e formiche che volano, rumori di stivali e di armi, un senso di immobilità e di putredine, campane che battono invano le ore, ma nulla cambia, sono sempre gli stessi che comandano perché «la vergogna ha la memoria debole».

Tutto sembra una favola: i gigli sanguinosi e le salamandre dorate, il canto dei galli che annuncia la nuova giornata e i racconti dei patriarchi che parlano di fatti lontani e meravigliosi, vicende di spiriti e di delitti, o di disgraziati, sempre in balìa del destino.

Sono stato due volte a Bogotá; la prima, per intervistare un latitante, ricercato dai servizi segreti di quattro Paesi, un «terrorista nero» al quale era venuta la voglia di parlare. Appuntamento assai incerto e laconico, ai piedi della Sierra Nevada, al confine con il Venezuela.

Tre giorni di noia, in un motel di San José di Cucuta, El Saman, stordito da un disco che ripeteva con ossessione *Granada*, e dal ronzio delle mosche, decise ad approfittare per prime del tiepido bicchiere di birra.

Il ventilatore non girava, un caldo appiccicoso e un'ansia che mi faceva pensare a Jean Gabin, eterno inseguito, gli occhi al soffitto, disperato dopo l'ultima cicca e in attesa del nulla. E io non fumo nemmeno. Poi, il gracchiare del telefono: «Quiere hablar con Stefano?».

Ed ecco un ometto in giacca di pelle scura, occhiali neri, e pantaloni grigi, con accanto due accompagnatori: uno era bello e insignificante come un interprete dei fumetti, l'altro, lucido, grosso e cordiale, lo chiamavano «il colombiano». C'era, pronta, una limousine della Chrysler, e con il macchinone, guidato dal pingue «Amigo», passammo la frontiera senza fastidi.

Stefano parlava di Mussolini e di Hitler con ammirazione, della violenza che è legittima, quando c'è anche dall'altra parte, ma non voleva aver niente a che fare con le stragi, mi raccontava della via della cocaina, ridendo, come fa uno che non c'entra, mi fece capire che, se lui voleva, poteva combinare un incontro con il leggendario «Carlos», maestro della sommossa e dell'attentato, e l'idea avversa non c'entra, perché gli estremi, talvolta, si incontrano, e si mettono anche d'accordo.

Chiacchierammo in una osteria, per ore e ore, e mi faceva anche pena, perché gli pesava star lontano, e doveva sempre fuggire, e tutti potevano essere nemici. «Il colombiano», ricordo, giocherellava con una pistola che teneva pronta nel cruscotto. «A che serve?» gli chiesi. «Ad accendere le Marlboro» disse.

Ho passeggiato, una notte, per le strade di Bogotá, quasi deserte. C'erano bambini che vendevano sigarette e rabbrividivano nell'aria gelida, che sa di unto, di grasso e di chitarre. Un uomo, in un androne, dormiva avvolto negli stracci. Tanti, tanti poliziotti armati. Davanti all'albergo trovavo sempre qualcuno che mi offriva, a prezzi d'occasione, smeraldi, spiegava, rubati in qualche miniera. Un custode, dal poncho scolorito, sonnecchiava in una garitta.

Entrai al night Tierra colombiana dove, per qualche tavolata di turisti, quattro giovanotti equivoci e quattro ballerine dalle grosse natiche danzavano al ritmo di una musica assordante l'esile trama di una ribellione di schiavi.

Su uno schermo apparivano diapositive con mari azzurri, chiese barocche, campi di fiori candidi e contadini rassegnati che andavano a cavallo di pazienti muli su itinerari sconosciuti.

E poi la ragazza di Cartagena che vendeva pietre antiche, mai vista una donna nera più bella, anzi: bella sarebbe stata in ogni caso. Canticchiava: «Una noche con tigo», e voleva partire per l'Italia con il mio amico operatore che sospirava: «Non si può, non si può», e andarono poi insieme a comperare giocattoli di legno per i bambini, perché è sempre gentile ritornare con qualche «pensiero». Ma questa, come dicono in Colombia, è «la puttana vita».

Cara Lucia, che cosa vuol dire viaggiare? Certo, rompere delle abitudini e distruggere dei pregiudizi. Scrive Isherwood: «Forse avevo viaggiato troppo, e lasciato il mio cuore in troppi luoghi». Quanti drammi, quante storie ho vissuto: quella dei negri, dei vietnamiti, degli irlandesi, degli ebrei, degli egiziani, dei cinesi, e in più le mie.

Basta un niente, e tutto ritorna: un suono di fisarmonica, e una veglia per un ammazzato a Belfast e sull'uscio c'era una coroncina di primule e gli amici e i parenti cantavano e bevevano, e mi sembrò che anche il defunto avesse un'espressione soddisfatta in volto, tenuto composto da un fazzoletto legato sulla testa.

Già, l'Hotel Europa, ogni tanto squillava l'allarme, e sul soffitto si vedevano ancora i segni delle schegge. Cinque attentati, pochi clienti: giornalisti, cameramen, fotografi.

Ho scoperto che molte vie non conducono in alcun luogo, e che tutti i percorsi si assomigliano. La tua esperienza non serve agli altri: è una moneta che uno solo può spendere. Gli altri, la gente, è come me: bagnata dalla pioggia o sferzata dal vento, sconvolta dalla gioia o affogata nella malinconia.

Non credo al mistero dei grandi orizzonti; un mio vecchio collega, che, afflitto dalla noia, si sparò, diceva: «A una certa ora qualcosa di straordinario può accadere ovunque, anche in una baracca, in mezzo al deserto. Basta saper guardare».

Non aveva paura del futuro. «Quando si è vecchi» predicava, bevendosi l'anima «e non ci si può permettere i grandi alberghi, perché nessun editore è matto, si va in carcere o all'ospedale, dove c'è sempre qualcuno che ti serve.» Il tedio può uccidere.

Metto giù queste note per parlarti e farmi compagnia, non ho nulla di importante da tramandare. Del resto, anche di quelli che pomposamente si chiamano «eventi» io ho visto soprattutto i particolari, che a molti sembravano insignificanti.

Poi, che cosa potrei raccontare di nuovo e di vero dei celebri personaggi, se so così poco della vita di mio padre e di mia madre? Si possono, per citare un caso, far rivivere gli amori?

Ho una discreta opinione di me, ma non considero le mie storie molto importanti. Non ero alle Termopili, né alla corte di Lorenzo il Magnifico, e quando il primo uomo è sbarcato sulla Luna, la cosa che impressionò di più il pubblico, davanti ai televisori, fu la disputa tra due cronisti, uno che dava il memorabile fatto per già accaduto, e l'altro che continuava a urlare: «Non ancora».

Che cosa mi ha emozionato di più? Forse il soffio della balena morente, e il lamento delle sirene quando annunciano il possibile bombardamento aereo.

Da bambino, avevo molte paure: mi avevano ammonito a non bere di sera alla fontana, perché quando cala l'oscurità tocca agli spiriti, notoriamente suscettibili. Mia nonna, se non digerivo, con riti a base di olio sgocciolato nell'acqua, di candele e di giaculatorie, non mi dava un lassativo, ma mi toglieva il malocchio. Leggevo i romanzi di Saverio di Montepin, ed erano sempre tragedie. Le prove di un delitto, un manoscritto, che un fanciullo innocente aveva infilate, nientemeno, nel culo del suo cavallo a dondolo.

Capitava ogni tanto un tessitore di paglia abruzzese, e dormiva per terra per espiare le sue colpe; era un testimone di Geova, e ci voleva condurre alla sua fede.

Sapeva anche a memoria la *Divina Commedia* e, a richiesta, ne recitava dei canti; ma negava l'esistenza dell'Inferno e del Purgatorio, e questa sua sicurezza mi consolava. Crescevo con l'ossessione della colpa, vedevo dita che avevano toccato la marmellata proibita e bruciavano come fiammiferi, e anche la sorella del parroco, insegnante di catechismo, non incoraggiava la speranza. «Pregate sempre e ovunque» esortava, e riferiva di un santo che continuava a biascicare orazioni anche al gabinetto perché, spiegava il virtuoso, «ciò che va giù è per il Diavolo, ciò che sale è per il Signore». A me pareva che neppure Dio fosse un privilegiato.

L'impagliatore di sedie prevedeva addirittura l'imminente fine del mondo e, il primo conflitto, quello del

1914, andava considerato soltanto un prologo. Poi Cristo avrebbe scelto i migliori: e lui, certamente, e i suoi confratelli, erano tra questi benedetti. Sosteneva che non si deve salutare la bandiera, e che per salvare l'anima non c'è bisogno di preti.

I suoi discorsi accrescevano il mio sgomento. Quando andavo alla messa, guardavo i quattro evangelisti dipinti rozzamente nella cupola che sovrasta l'altare: avevano un volto incazzato e severo da individui che sanno tutto e non perdonano.

Gesù veniva sempre ritratto con il torace aperto e con il cuore che gronda sangue; qualche ferita l'avevano procurata di certo anche le mie bugie. Non parliamo di Quinto, che si toccava troppo, rischiando anche la vista, e ancora non si capisce come i ciechi siano relativamente pochi.

Della presenza dell'angelo decaduto ho avuto parecchie conferme: all'inizio di quella che, comunemente, chiamano «la carriera», venni mandato a Sarsina, paese della Romagna che si è fatto una buona reputazione perché vi è nato Plauto, uno che scriveva commedie, e sapeva come vanno a finire, e perché i devoti venerano un santo Vicinio che ha la forza di liberare i posseduti dal Demonio.

Lo faceva già Cristo, e l'operazione non era priva di inconvenienti, perché il Tentatore si sfogava su un innocente branco di porci: le povere bestie impazzivano, così narra il Vangelo, e finivano per buttarsi nel lago. Oggi, l'associazione che protegge gli animali avrebbe qualcosa da ridire sulla trovata. Dicevano che a Sarsina c'era chi sputava rose, chiodi, mazzi di chiavi e utensili vari: bastava che il sacerdote li esorcizzasse, e il prodigio si compiva.

Io vidi una ragazza isterica che sembrava un gallo, faceva proprio «chicchirichì» come il professor Unrat del cinematografo, quello che si perdeva dietro le cosce della fatale Lola-Lola; e non voleva saperne di entrare in chiesa. Si può dire che urlava come una matta, e la conussero con prepotenza davanti a un vecchio celebrante, che con rassegnazione sospirava formule latine.

La ragazza gridava, si ribellava, piangeva, il padre la prese a schiaffi, e a un tratto tacque; non ho mai saputo se in seguito ci furono altri sintomi della sacra maledizione.

«Datele marito» disse il fotografo che mi accompagnava, uno specialista in *reportages* sportivi, che aveva uno scarso senso del misterioso e del divino.

Conobbi anche, e non è da tutti, la madre di una giovinetta pura e fermamente decisa a rimanerlo, Maria Goretti, che si ribellò, prezzo la vita, alle prepotenze di un ragazzaccio privo di stimoli platonici: il solito fotografo sosteneva che, in queste situazioni, le maniere, «il porgere», diceva, contano tanto; non aveva la percezione dell'eroico e della virtù.

La donna non mi commosse; aveva fatto l'abitudine alla parte, e poi, dal fatto, era passato tanto tempo. Anche dopo i funerali e lo strazio, i parenti e gli amici non rinunciano, come si dice, a una tazza di brodo.

Aveva coscienza del suo ruolo, e come tutti i protagonisti tendeva a ripetersi, e ad aggiungere, magari, qualche particolare. Mi pareva che la sua sofferenza, più che dalle penose memorie, fosse provocata dalla crudeltà dei flash.

Io sono un cristiano che ha i rimorsi dei cattolici. O un laico che cerca. Non mi interessa se Gesù è davvero figlio di Dio; per stabilire la sua grandezza mi basta anche il tormentato Giuseppe, falegname. Di Gesù mi colpisce prima di tutto l'umanità: la sua tristezza, la sua solitudine, l'ira, l'allegria; lo vedo, alle nozze di Cana, mentre urla: «Vino per tutti».

Con Dio ho un rapporto intermittente. Capisco Hemingway. Gli domandano: «Crede in Dio?» e risponde: «Qualche volta, di notte».

Mi pare che quello che mi accade non possa essere racchiuso tra due avvenimenti: la nascita, la morte, che non dipendono da me. In mezzo c'è di tutto: fatti, scelte, peccati, nostalgie. E questo che senso ha? Perché siamo venuti al mondo? E Dio che fa, intanto, il contabile? Registra puntigliosamente le mie colpe e gli scarsi meriti? Trovo spregevole e crudele il Geova dell'Antico Testamento che chiede a un padre, Abramo, di sacrificare il figlio, Isacco, per avere una prova della sua devozione. E non è l'Onnisciente? E se sa tutto, di quali conferme ha bisogno?

Non dovrebbe essere neppure, come vorremmo, un grande Giocherellone, tollerante e indulgente, che con una pacca sulle spalle ci manda a godere dell'eterna beatitudine. Dio, per me, è un enigma: veste i gigli dei campi e gli uccelli dell'aria, ma lascia anche morire di un virus misterioso i bambini di Napoli.

E com'è? Un patriarca con una barba fluentissima, un triangolo, un occhio smisurato, una colomba? La spiegazione più accettabile della sua presenza la sentii da un bambino: «Dio viene col vento».

Ha di sicuro un cattivo carattere: mi costringe a partecipare a una corsa, quella per il Paradiso, per la Salvezza, senza lasciarmi libertà di iscrizione. Non mi piace neppure essere considerato un lombrico: che, almeno all'apparenza, affronta una prova senza significato. Almeno finché non scopriremo che anche i vermi della terra piangono, si fidanzano, e usano, fin da piccoli, dei minicomputer.

Buddha, Maometto, Confucio, mi vanno tutti bene: ho visto recitare rosari a Pompei, e a Kyoto: in Giappone i grani erano più grossi. Chi è in lutto, da noi, veste di nero, i cinesi di bianco. Una indiana versava nel Gange latte e petali di rosa; da noi si asperge acqua santa e si brucia incenso. Ho visto la valle di Giosafat: strettina, per starci tutti.

Sul cinturone dei soldati di Hitler era inciso: «Dio con noi», cinquant'anni fa a Parigi è uscito un libro, *Dio è francese*, e ogni tanto si riscopre il «Dio delle nazioni». E io diffido dei vessilli, e sono per i piccoli, modesti ideali.

Una confidenza: quando andai a Saigon (e tu, Lucia, dovesti firmare un documento in cui ti impegnavi – se fossi rimasto ucciso – a *non* richiedere il mio corpo al comando americano) c'era un regime corrotto, e io guardavo a Ho Chi Minh e ai suoi con rispettosa considerazione: dovevano portare la libertà; i vietcong hanno vinto, e il Vietnam è adesso un campo di concentramento, e forse qualcuno rimpiange i colonialisti.

Lo Scià era feroce, e i suoi congiunti e amici se la spassavano gioiosamente, poi è arrivato l'onesto Khomeini, e si salvi chi può. Agli stupidi e selvaggi dittatori dell'America Latina si sono sostituiti a suo tempo gli stupidi e intolleranti sedicenti governi del proletariato. Diceva uno scettico giornalista, Mario Missiroli: «Triste sorte nascere poeta bulgaro». Come essere, aggiungo, liberale nella Cambogia di Pol Pot.

Credo che i timori e le inquietudini dell'infanzia, e dell'adolescenza, mi abbiano segnato per sempre: mi ha fatto compagnia il sentimento dell'insicurezza, e del provvisorio.

C'è in me una timidezza che complica il mio approccio con la gente, un imbarazzo che può apparire anche alterigia. Sarebbe una superbia del tutto immotivata. Questa apprensività rende ancora più complicato un mestiere che presuppone una certa spudoratezza, e che costringe ad apparire. Mi dà disagio anche un ristorante gremito, forse perché da giovane avevo sempre timore di non avere abbastanza soldi per pagare il conto.

È anche per questo che la mia esistenza mi sembra fortunata. Ho avuto molto di più di quello che mi aspettavo. Mi raccontano di un collega, che è anche mio coetaneo, e come me di origine provinciale, che è angosciato perché si sente più bravo degli altri e non abbastanza riconosciuto. Ogni due o tre mesi va a cercare un appoggio dallo psicoanalista. Questa è una infelicità che non mi tocca. Mi fa pensare a quei bambini che piangono per farsi notare.

Per imporsi occorre fatica, fortuna, e magari anche una dose di spregiudicatezza. I colleghi più anziani mi dicevano che Malaparte, direttore della *Stampa*, era stato l'amante della vedova di Edoardo Agnelli, e nella liquidazione che ricevette, quando lo mandarono via, forse c'era anche una gratifica perché quella passione era finita.

A Malaparte piaceva mettersi in mostra e sbalordire, era di quelli che portano le donne come decorazioni e forse vorrebbero mettere tanti nastrini sul pigiama, si fece anche fotografare nudo mentre, dopo una sauna, si sferzava il corpo assai scultoreo con rametti di betulla tra montagne di neve.

Mostrarono l'insolito ritratto, apparso su una rivista, a donna Virginia Agnelli che commentò con distacco: «Mi sembra ingrassato».

Raccontano di un inviato del *Corriere* che spediva al direttore, con altro nome, naturalmente, lettere di consenso e di ammirazione per i suoi articoli; anche oggi quelle anonime hanno corso regolare.

Ci sono sempre state lotte per aggiudicarsi gli incarichi: si è arrivati perfino a una divisione per aree, a me il Medio Oriente, a lui l'America Latina, in nome di discutibili competenze; spesso molti ritagli e qualche lettura. C'è chi raggiunge il posto con una valigia di libri, e controlla se non è accaduto niente di nuovo, possibilmente evitando di andare a sincerarsene di persona.

Una volta una comitiva di giornalisti arrivò a Mosca, e il più svelto telefonò immediatamente una corrispondenza, basata più che altro sul sentito dire e sui pregiudizi; un funzionario sovietico, che diventò mio amico, lo consigliò con ironia: «Non abbia troppa fretta. E si ricordi che per dire male del mio Paese non occorre inventare».

Dei vecchi maestri, qualcuno ha contato di più per me: Orio Vergani, di cui ho ammirato la capacità di lavoro, i molti interessi, teatro e pittura, ballerine e corridori in bicicletta, e poi la disponibilità: sempre al servizio del giornale, rapido, instancabile, attento. Era intimo di Galeazzo Ciano, e penso che questa familiarità l'abbia poi pagata. Capiva che quel regime non poteva durare, ma non aveva la forza di tirarsi fuori, di dire di no. Il gusto del mestiere fa perdere, talvolta, di vista la verità e il rispetto di se stessi. Ci si adatta, ci si abbandona a una specie di fatalismo. Si finisce nella fila di quelli che applaudono, oppure si tace.

Un giorno a Bombay vidi Giovanni Ansaldo, tutto in lino bianco come un *fazendero*, che davanti a una bancarella mangiava strani semi e trangugiava, con soddisfazione, bicchieri di indecifrabili bevande molto colorate. Cercai di dissuaderlo: «È roba da colera».

«Niente paura» disse. «Ho digerito il massimalismo, ho digerito il fascismo, e sto digerendo la Democrazia cristiana», e continuò, immenso, cappello nero a lobbia, cravatta bianca sul panciotto, a sgranocchiare noccioline con evidente piacere.

Lo descrivono come un cinico: invece, già in età da ritiro e da sagge riflessioni, si era invaghito di una danzatrice classica, e sconvolto dal demone meridiano la raccomandava ai critici e ai direttori di settimanali, per ottenere, lui così caustico e scaltro, qualche benevolo articolo, e qualche seducente fotografia.

Sfidava, imperterrito, anche il ridicolo. Confidò: «Io, così grasso, sudato, e lei così sottile e fresca: proprio non è possibile».

Nessuna sorpresa. Anche Clemenceau, il Tigre, a ottantadue anni conosce Marguerite Baldensperger, giovane, sposata, afflitta per la morte di una bambina, e inizia un carteggio, e un tenero rapporto: «Io vi aiuterò a vivere,» scrive «voi mi aiuterete a morire». Dicono che monsieur Georges è *sans coeur*, ma annota: «Tutto è assurdo e splendido simultaneamente. Delle lacrime in un sorriso: è l'aspetto più bello dell'umanità».

Ho voluto bene a Paolo Monelli che, per civetteria, portava il monocolo, un espediente per risparmiare, spiegava, perché così si regolano anche i poveri contadini portoghesi: era celebre per il suo scrupolo e anche per le note spese.

Lo accompagnai durante una inchiesta a Bologna: stava al Baglioni, aveva una macchina con autista a disposizione, faceva colazione con gli amici che invitava al Diana, ma mi colpiva soprattutto la diligenza, l'impegno con il quale lavorava. Stenografava anche i discorsi in apparenza inutili. «Tutto» spiegava «prima o poi diventa buono. Non va perso nulla.»

Ce l'aveva con le teleferiche che rovinano la solitudine delle montagne, con i televisori che distruggono l'intimità, con le automobili che profanano le antiche contrade. Scriveva come non si usa più: benissimo, e rimpiangeva il suo mondo – quello dei vent'anni, quando era ufficiale degli alpini. Quei canti e quei fiaschi di vino, e quei morti, hanno segnato la sua esistenza.

Poi, con *Roma 1943*, ha descritto la fine di un'epoca, il crollo del fascismo, la fuga del re: un tempo, scriveva, di «cinico arrivismo». Che, purtroppo, a me non pare finito.

L'ho visto l'ultima volta a Cortina. «Posso offrirti solo un *americano*,» disse «perché guadagno poco. In redazione hanno un pezzo da un mese; è lì, ma non lo buttano fuori. Pensa: rifiutavo le collaborazioni.»

A Indro Montanelli devo molto: intanto, l'idea che chi conta è il pubblico. Poi la necessità di essere chiari, di far anche fatica, perché chi legge non ha voglia di impegnarsi troppo, e solo se uno si chiama Joyce può essere difficile.

Longanesi ha detto di lui: «È uno che va in mezzo agli altri per sentirsi ancora più solo». È così: ma era capace di vera amicizia. Sapeva anche dire: mi sono sbagliato, e chiedo scusa. Non era, come Malaparte, altro toscano, capace di rancori. Malaparte se ne è andato dicendo con rimpianto: «Mi dispiace, perché mi tocca morire prima di Montanelli».

Credo non abbia mai odiato nessuno: disprezzato sì.

Non amava Giulia Maria Crespi, proprietaria del *Corriere*, che aveva battezzata «la zarina», nel cui salotto si ritrovavano alcune teste d'uovo, più o meno «culturali»; poi si è visto che erano ovetti di piccione. «Non mi considero un servitore di casa Crespi,» diceva «i miei rapporti sono regolati da un direttore, non da una famiglia.» Non lo amavano soprattutto per una ragione: troppo bravo.

Non si è mai preoccupato delle simpatie di quelli che chiamava «i radical-chic», perché affermava: «Contano le truppe che si hanno dietro, non i galloni».

Ero con lui il giorno in cui uscì sul *Mondo* l'intervista che provocò il suo licenziamento dal quotidiano di via Solferino. Mi aveva invitato a colazione nella splendida casa che aveva a Roma, in piazza Navona. Era turbato dalle polemiche che quei discorsi avevano scatenato, e stava per uscirne un'altra, ancora più esplicita, su *Panorama*.

«Che accadrà?» mi chiese.

«Che dovrai andar via. Non è uno sfogo, il tuo; sembra quasi una crociata.»

Aveva detto quello che pensava, o meglio: quello che soffriva, perché quella testata alla quale tanto aveva dato, e dalla quale aveva anche molto ricevuto, gli pareva stravolta, irriconoscibile.

Fu attaccato duramente: «Il superstite principe della penna si adatta sempre meno alle esigenze del volgo», scrivevano, e poi dicevano che le «primedonne» erano in via di estinzione, e lui rappresentava «il canto del cigno di un certo tipo di cronista», perché oggi «il giornale non si vende più per le firme che porta».

Non è andata proprio così, e se anche si arriverà a un foglio con tanti articoli senza un nome, alle fine, ci sarà sempre un anonimo che piace, o interessa, più degli altri.

Ho vissuto con lui i giorni del distacco: mi disse che, al momento di congedarlo, Piero Ottone aveva pianto.

Poi decise di fare un quotidiano suo, e io lo sconsigliai. Mi pareva una impresa folle. Non sottovalutavo né il talento di Montanelli né il seguito, ma mi parevano massacranti l'impegno e la fatica. Come si è visto, sbagliavo. Non avevo capito né la sua voglia di rivincita, né la sua fermezza.

L'oblio, come qualcuno prevedeva, o magari auspicava, non ha raggiunto Indro. Diceva perfidamente Longanesi: «Montanelli è uno che spiega agli altri le cose che non capisce», e può anche darsi, ma non inneggiava a quello a cui non credeva.

Webb Miller, un grande reporter, gli aveva insegnato: «Scrivi in modo che ti possa capire anche un lattaio dell'Ohio», e ha imparato la lezione: «Ho una ricetta. Il gusto dell'aneddoto, la battuta, adopero tutto quello che mi serve per catturare l'attenzione, la simpatia del lettore. L'istinto mi porta a interpretare l'opinione della massa, ne divento il microfono. Una grande maggioranza pensa quello che penso io».

Dice Céline: «Non si sa nulla della vera storia dell'uomo». Gli incontri che ho fatto me lo confermano: quasi mai le etichette che appicciichiamo, per comodità, corrispondono ai contenuti. «Sono un carciofino sott'olio» diceva di sé Longanesi. Invece era tormentato dalle esaltazioni amorose, come un collegiale. Indifeso, debole, non protetto dall'ironia, dietro alla quale si nascondeva: «Mio padre era appena morto, e io sono scappato via per andare da lei».

Achille Campanile, un genio dell'assurdo e dell'umorismo, si vergognava dell'avventura che stava vivendo con una ragazza tanto più giovane di lui, e la presentava come la sua nipotina.

Una notte, su un argine del Po, avvolti nella nebbia e nelle confidenze, Giovannino Guareschi mi parlò di una donna che gli voleva tanto bene, e senza ridere mi raccontò che gli sbottonava i pantaloni, e mentre lui pisciava, lei, sulla neve, riusciva a scrivere: «T'amo». Trovavo l'episodio gentile, e pensavo alle difficoltà dell'apostrofo.

«Il fenomeno Guareschi»: qualcosa di lui è rimasto. I

critici non gli hanno mai dedicato una recensione: neppure per dirne male. Quando andò in carcere, per avere accusato ingiustamente De Gasperi, a Bagutta alcuni intellettuali brindarono per festeggiare la caduta dell'estroso personaggio. Mi confidò poi: «Mi sono sbagliato. Se ci ripenso era il migliore. Se ne andò quando ero in prigione e me ne dispiacque».

A Parigi facevano la coda per vedere le avventure di Don Camillo e di Peppone, due improbabili figure emiliane, *Life* dedicava molte pagine al direttore di *Candido*, come a Toscanini, a Chaplin e a Einstein, *The best book of the World* lo segnalava ai primi posti. A Heidelberg discutevano tesi sui suoi libri. Enrico Fermi mi fece il suo elogio. Aveva cominciato alla *Gazzetta di Parma*, in cronaca, riempiendo colonne e colonne per raccontare inaugurazioni di Case della madre e del fanciullo e di colonie elioterapiche.

Solo a ventidue anni era riuscito a comperarsi una bicicletta usata, e da donna, perché costava meno. «Ho avuto fortuna» diceva, ma il successo non lo entusiasmava: «Ho lavorato tanto, non ci provo più gusto. Da giovane incidevo sul linoleum avvisi pubblicitari grandi come una tavola per venti lire. Mio padre aveva un emporio ciclistico e gli affari gli erano andati male; ho dovuto cominciare presto a mantenermi. So io quanto ho scritto. C'è qualche straniero, sono in genere gli stranieri che si occupano di me, che mi ha definito poeta. Sciocchezze. Sono un giornalista. Adopero in tutto trecento parole».

Non capiva perché le sue favole entusiasmassero i giapponesi e gli svizzeri, e perfino gli islandesi: mi mostrò una edizione in carta patinata e rilegata in pelle di foca.

Dei suoi umori credo che il più forte fosse la nostalgia. Mi disse: «Sono un monarchico perché sono figlio di una maestra: penso al Re soldato, all'altra guerra, alle figurine coi bersaglieri, alle cartoline del prestito. Poi credo che in caso di bisogno occorra qualcuno che possa parlare, se non a tutti, a molti, stando al di sopra delle parti».

Si commuoveva ascoltando la *Marcia reale*, al ricordo di Giovanni Faraboli, un apostolo del socialismo; «Quando sento le note dell'*Inno dei lavoratori*,» ha scritto «mi prende un accorato rimpianto: forse perché fu la prima musica che le mie orecchie udirono con le parole dolcissime di mia madre».

Era un anarchico, non un reazionario; non lo si può capire, se non si conosce la mia terra. «Sono socialista, monarchico e cristiano» disse a un intervistatore.

Non poteva tollerare i soprusi: protestò con Scelba perché gli agenti della Celere erano costretti ad andare in giro con il manganello; quando venne l'8 settembre, fu internato in un campo di concentramento tedesco, e agli amici che volevano indurlo a rimpatriare rispose con quattro pagine di una lettera, nella quale erano ripetute all'infinito tre parole: «Ho ragione io» fece la fronda con il fascismo, e lo misero anche in guardina; una sua vignetta di allora rappresentava un piccolo milite della Protezione antiaerea che, per far rispettare le regole dell'oscuramento, grida vanamente: «Luna».

Nel 1948 era stato un formidabile propagandista dell'«argine» contro il comunismo; si era schierato accanto alla Dc, e un suo manifesto tappezzò i muri di mezza Italia. Si vedeva un lacero soldato dell'Armir dietro i reticolati russi, che diceva: «Mamma, votagli contro anche per me».

Cinque anni dopo era all'opposizione. Non gli piaceva il predominio democristiano, la legge elettorale, il clientelismo, non sopportava certe famiglie che si dividevano il potere.

Nella foga della disputa attribuì a De Gasperi un inesistente carteggio con gli Alleati, ai quali avrebbe chiesto di bombardare Roma. Fu condannato, non volle ricorrere, e passò quattordici mesi dietro le sbarre, al San Francesco, a Parma.

Quando uscì, portava con sé alcuni sacchi di lettere speditegli dai suoi fedeli lettori, e una profonda amarezza. Il suo bisogno di solitudine diventò ancora più forte. «Sono nato» mi confidava «per vivere in un paese. Mi rallegra vedere arrivare un contadino con un secchio di latte, camminare tra i pioppeti, sugli argini del Po, quando tira il vento, protetto dalla capparella dei terrazzieri e dei sensali, mi piace andare a letto presto, giocare a scopa con il falegname, vestirmi come mi pare: giacca e pantaloni di fustagno, camicia di flanella, berretto da ciclista.» Morì un mattino di luglio, a Cervia, mentre stava aprendo la finestra: invece della infinita pianura, vide il mare.

Mi accorgo che le mie simpatie vanno, più che ai geni o ai bravissimi, ai caratteri. Anche a quelli che di solito vengono definiti «brutti». Mi è sempre piaciuto capire con chi stavo parlando; forse è presunzione ma, nel bene e nel male, le azioni che compio mi assomigliano, e anche quello che scrivo.

Riconosco che tra i fascisti c'erano tipi che meritavano rispetto: Leandro Arpinati, ad esempio, o Ettore Muti, e anche Giorgio Pini, che fu il mio direttore, e rimase accanto a Mussolini fino all'ultimo.

Arpinati lo vidi una volta sola, a un funerale: era nel corteo che seguiva un camerata, morto abbastanza giovane e molto ricco. Viveva, confinato, a Malacappa, un nome tetro di un paese della bassa bolognese, perché aveva detto al Duce quello che pensava, non tacendo neppure qualche riserva sui suoi più stretti parenti. «L'Italia» precisava «non è un feudo della famiglia Mussolini.»

Sottosegretario all'Interno, si oppone all'ordine che rende obbligatoria per ogni funzionario la tessera del partito; ammonisce chi vuole fascistizzare la scuola: «Facciamo in modo di non somarizzarla»; si batte contro chi propone di istituire un ministero dello Sport: «No, perché è l'unica cosa che è rimasta libera»; mantiene al bando Amerigo Dumini, l'assassino di Matteotti, nonostante minacci scandali e infischiandosene di autorevoli interventi.

Le sue critiche, la sua insofferenza per le leggi e i sistemi del regime, non passano inosservate. Starace denuncia al Duce la scarsa sensibilità del gerarca bolognese; Arpinati conferma a Benito le perplessità e i dissensi, e manda due righe all'informatore: «Se avessi bisogno di un elemento per giudicare la bassezza umana, tu me lo hai offerto. Sei un mentitore e un vile».

Prima di metterlo da parte, gli propongono cariche prestigiose e «greppie» e una residenza fuori mano, ma lui non accetta né i posti ben remunerati, né di andare lontano dalla sua città. Lo mandano allora a Lipari, in residenza coatta, poi gli consentono di stabilirsi in una tenuta che, con l'aiuto di qualche amico, riesce ad acquistare, ma sarà sempre sotto la vigilanza della polizia.

È un allevamento di cavalli andato in malora, tra l'argine e il fiume; i vecchi proprietari sono falliti. Diventa un bravissimo agricoltore e la sera, dato che siamo pur sempre in Italia, gioca a bridge con il commissario di P.S. addetto alla sua persona.

Dirà più tardi Dino Grandi: «Se fosse rimasto accanto a Mussolini non avremmo avuto l'Impero, ma neanche l'alleanza con Hitler e la guerra, e neanche l'8 settembre e piazzale Loreto».

Quando il Duce decide l'impresa etiopica, Arpinati non si entusiasma: «È una buffonata», e aggiunge: «Ci sarebbe tanto da fare nel Sud»; quando arriva il 1940 spiega a Giancarla, la figlia: «Le forze del male non prevarranno».

Gli promettono il perdono se si arruola volontario, ma respinge l'offerta. Lo richiamano allora nel Genio ferrovieri e lo spediscono a Torino. Una mattina lo portano da Galeazzo Ciano; non lo conosce, ma non si trattiene: «Finiremo in un mare di sangue» attacca.

E Galeazzo: «Anche tu ne farai le spese».

«Anch'io, ma sarò tra gli ultimi, e tu fra i primi.»

Grandi lo ammira: «Tu sei un dado» gli dice «che da qualunque parte lo si volta, mostra sempre la stessa faccia. Io, invece, devo tutto al fascismo, perfino la nobiltà».

Mussolini, liberato al Gran Sasso, lo convoca alla Rocca delle Caminate, gli fa l'elogio degli inglesi, lo rassicura: «Se i tedeschi vogliono fare di me un fantoccio, si sbagliano», e gli domanda di collaborare. «Mi dispiace» è la risposta «ma ormai io sono solo un contadino.»

Nasconde nei fienili e nelle case coloniche ricercati, generali fuggiti dai campi di prigionia, due radiotelegrafisti paracadutati dell'Intelligence Service.

È ucciso un giorno di primavera del 1945 da alcuni misteriosi individui, ci sono anche tre donne inferocite nel gruppo, che scendono sporchi di polvere, da un furgoncino, chiedono «Chi è Arpinati?», e cominciano a sparare furiosamente.

Colpiscono anche l'avvocato Torquato Nanni, un mite socialista di Forlì, che aveva atteso per venti anni l'alba della libertà.

Conobbi Ettore Muti nel camerino di un attore di rivista, Odoardo Spadaro, una specie di Maurice Chevalier italiano, credo nel 1942, al teatro Medica di Bologna. Era in divisa da colonnello degli aerosiluranti. Alto, forte, faccia quadrata, denti radi. Stava accanto a una bellissima donna bruna, vestita di veli, gambe lunghe e infinite come la Provvidenza, che si chiamava Dana Havlova, di professione soubrette. Mi colpì il petto carico di decorazioni di Muti, e anche quello senza medaglie della signorina.

Erano a letto insieme, a Fregene, in una torrida notte dell'agosto 1943, quando il tenente dei carabinieri Taddei bussò alla porta; poi nella pineta si sentirono alcuni spari.

Nessuno ha dimostrato che stesse ordendo congiure per riconquistare il potere. Era nato per l'azione, coraggioso, leale, rozzo; confidò a Bottai che non leggeva neppure i giornali. Aveva smesso a quindici anni.

Da ragazzo scappa con D'Annunzio, va volontario in Africa, è con Franco in Spagna. Galeazzo Ciano dice: «È degno di un guerriero dell'Alto Medioevo». Combattere è il suo mestiere; confessò una volta: «Mi piacerebbe andare in Finlandia perché ho sempre fatto la guerra al caldo».

Si impegnava negli scherzi e nelle conquiste femminili. Lo chiamavano «Gim dagli occhi verdi». Stava andando a Roma in automobile, quando, appena fuori di Ravenna, dovette bruscamente frenare per non investire un ubriaco che dormiva abbandonato in mezzo alla strada. Lo caricò sul sedile posteriore, senza che lo sbronzo desse un segno di vita, e lo depose in piazza San Pietro, poi attese con pazienza il risveglio dello sgomento avvinazzato. Una burla che sarebbe piaciuta a Lorenzo Stecchetti.

La fatale Dana continuò la sua carriera nell'avventura: prima un diplomatico spagnolo, poi un medico, poi un ricco corridore automobilista, poi un avvocato, poi un conte, sempre nell'allegra società, tra Madrid, New York e Rio de Janeiro; sparisce misteriosamente in Brasile, due righe di agenzia, chi era?, e poi il silenzio.

Ricordo una battuta di Bette Davis, la leggendaria diva di Hollywood: «Questo è un mondo in cui abbondano i maschi e scarseggiano gli uomini». I votati al compromesso si presentano come mediatori, gli ambigui si travestono da prudenti. Non sono molti quelli che sanno dimenticarsi, che scelgono, per donarsi poi a qualcuno, o a una idea.

Quando ho incontrato Ferruccio Parri aveva sessantaquattro anni. Sei se ne erano andati tra la prigione e il confino. Era redattore al *Corriere*, e perse il posto; fece l'insegnante e lo mandarono via. Ci furono giorni in cui, per vedere suo figlio, dovette cercare rifugio in una chiesa. Visse per molto tempo compilando studi economici, e lo stipendio era scarso, ma aveva modesti bisogni.

Per sei mesi ha governato l'Italia, e i grossi burocrati sorridevano di quel bonario professore piemontese che consumava i pasti alla mensa degli impiegati, e dormiva in una branda posta accanto al suo studio.

Durante un comizio elettorale, la scarsa gente che si era raccolta attorno al palco urlava: «Viva i galantuomini», ma non fu rieletto. L'onestà è una virtù impopolare.

Lo avevano definito «un protestante della politica». Per qualcuno, invece, era un ingenuo sognatore o un patetico e rispettabile incapace. Presidente del Consiglio, ogni sera entrava in una tabaccheria ad acquistare i francobolli per la sua posta personale.

Gli avversari lo chiamavano Fessuccio. I fascisti lo accusavano di delazione. «Mi hanno condannato» mi disse «ai processi forzati.» Confidò al suo avvocato: «Forse non bastava vivere pulitamente, per i miei nemici sarei dovuto morire. Ma non è colpa mia se sono ancora qui».

Non amava parlare di sé: «Che cosa importa se ho la cravatta storta, il colore del mio vestito, se mangio pane e salame? Che cosa c'entro io?».

Passeggiando una domenica in piazza della Scala («Mi piace la nebbia» diceva) mi parlò della sua esperienza alla guida del «governo, dell'esarchia»: «Non avevo programmi a lunga scadenza. Speravo di condurre le forze della Liberazione a negoziare la pace, di arrivare alla Costituente. C'era tutto da rifare: bisognava dare il senso della presenza dello Stato. Ma mi attaccarono da ogni parte.

«Che cosa dirà Nenni nei comizi di domenica? mi chiedevo. Che cosa diranno i comunisti? E i liberali che si battevano, nientemeno, per la continuità delle istituzioni? Mi illudevo che potessimo ragionare con la nostra testa: pensavo che, anche se piccoli, avremmo potuto far da soli. Non era così.

«De Gasperi aveva già capito che il dissidio tra Oriente e Occidente avrebbe condizionato anche le nostre decisioni. Avrei dovuto fare la riforma agraria, ma diffidavo del Pci che la proponeva. Eppure la loro visione storica era esatta. Bisognava far sentire ai contadini, in modo concreto, che qualcosa era cambiato».

Uno sconfitto, ma che credeva in qualcosa.

Mi piaceva, per la verità, anche Leo Longanesi che forse non credeva in niente: perché stava all'opposizione anche con se stesso. Si difendeva con il cinismo: «Ma lei non crede proprio a nulla?» gli chiese una signora. «Credo che domani non andrò fuori Milano» rispose.

Scriveva, contemporaneamente, gli articoli per due deputati che si odiavano, botta e risposta, e nessuno degli onorevoli, ovviamente, supponeva che lo scambio di contumelie avesse un'unica origine. Era un gioco dell'intelligenza, esercitato sulla meschinità di due fessi.

Lo ammiravo: nella vecchia tipografia del *Carlino* c'erano delle casse di caratteri che non bisognava toccare. Un cartello avvertiva: «Riservate a Leo Longanesi».

Raccontavano in redazione che una volta si era fatto stampare un biglietto da visita con una insolita qualifica: «Unico successore di Bodoni in Italia».

Ho chiacchierato con lui e con Guareschi da «Amleto», una trattoria bolognese, dalle parti della stazione: ero da poco arrivato a Milano, smarrito come un emigrante. E i due, così diversi, ma gentili e disponibili con il giovane compaesano, mi incantavano.

Longanesi era di un centimetro appena più alto di Vittorio Emanuele III, ed è probabile che anche la statura abbia avuto il suo peso nella considerazione che mostrava per certi individui intrepidi e prestanti, e abbia incoraggiato qualche incoerenza che, però, aveva la lealtà di confessare. Irrefrenabile nei rancori e nelle nostalgie, si misurava con severità: «Non sono sicuro del mio senso morale sono sicuro soltanto dei miei rimorsi».

Creciuto in provincia, sapeva guardare fuori con occhi disincantati; e sulle pagine dell'*Italiano* comparvero il primo Hemingway, il primo Kafka, la prima raccolta di scritti seri sul cinema, la prima rivelazione che Giorgio Morandi era un grande pittore, e poi pagine dei giovani Brancati, Moravia, Soldati, e fece di Flaiano un romanziere, e insegnò il giornalismo a Mario Pannunzio e ad Arrigo Benedetti, e infine a tutti noi.

Doveva essere scomodo stargli vicino, non invitava alla dimestichezza, e agli abbandoni, ma se c'è una stampa moderna in questo Paese lo si deve a lui. Non vedo, in giro, degli eredi.

Vi sono dei suoi giudizi che restano, dopo vent'anni, di una spaventosa attualità: «Credono di essere di sinistra perché mangiano il pesce col coltello», «Non è la libertà che manca; mancano gli uomini liberi».

«Tutto genio e punto metodo,» ha scritto Prezzolini «tutto intuito e nessuna obiettività.»

Cadeva spesso in contraddizione, dimenticava il passato e non si preoccupava del futuro: si presentò, il 25 luglio del 1943, al *Messaggero*, con i dimostranti che esultavano per la caduta del fascismo, ed era lui l'autore degli slogan: «Siamo in guerra», «Biserta, una pistola puntata sull'Italia».

Odiava la retorica, la stupidità, gli apparati; era scontroso e con chi lo elogiava sgarbato; poteva, a richiesta, compilare il *Vademecum del perfetto fascista*, per riderci magari sopra con gli amici del caffè Aragno.

Si inventava un mondo da rimpiangere, che era quello degli assai immaginati borghesi, concreti, onesti, parsimoniosi e di un impossibile Ottocento, per andare contro la volgarità dei giorni che gli toccava di vivere. Ha regalato tante idee ed è morto povero.

Non cercava di piacere, dovette lasciare Bologna perché, durante le celebrazioni di Testoni, esordì con una feroce stroncatura dell'amato e tollerante commediografo; gli ammazzarono *Omnibus*, dando la colpa a un articolo di Savinio, che attribuiva la morte di Leopardi a una caghetta provocata dai troppi gelati.

Con poche righe faceva un ritratto; disse di Bacchelli, con malignità: «Quando va ai funerali, gli dispiace che lo trascurino per dedicare ogni attenzione al defunto».

A suo modo, era anche sincero, e giustificava le intempestive ed entusiastiche adesioni; diceva: «Il primo che suona una tromba mi porta con sé».

Ho conosciuto parecchi letterati, con le loro debolezze, e i veleni, e l'astio, e le sconfitte; sentii Quasimodo, che aveva appena ricevuto il Nobel, parlare di Ungaretti con un livore pettegolo da cameriera. Emilio Cecchi lo ripagò commentando quell'altissimo onore con un articolo che cominciava: «A caval donato...».

Andavo ogni tanto a trovare Montale: facevo parte di una giuria, che lui presiedeva. Aveva ormai tre pensioni, e si sentiva protetto. Gli erano passate le antiche paure. Mi tesseva l'elogio degli analfabeti: «Da loro c'è sempre da imparare. Possiedono alcuni concetti fondamentali, quelli che contano. Purtroppo, pare che ne siano rimasti pochi».

Aveva frequentato fino alla terza tecnica, poi studi da baritono, e infine tre lauree *ad honorem*.

Quei riconoscimenti non lo esaltavano: «Qui, anche per fare il poliziotto, bisogna essere dottore». Aveva abbandoni fanciulleschi; si entusiasmava per una sciarpa. Chiuso, scontroso, gli occhi quasi allarmati, diceva battute acri: «Sono poco adatto alla vita, sempre sulla difensiva. Ho cercato di non sporcarmi le mani. Mi giudicheranno gli altri».

Da ragazzo sognava di diventare un cantante famoso ma spiegava il fallimento: «Forse non sono abbastanza stupido; per riuscire occorre un misto di genialità e cretineria».

Non lo intervistavo, era lui che chiedeva. E che domande: «Pensi che avremo presto un governo comunista?».

«No.»

E allora, soddisfatto: «Non lo credo neanche io».

«Pensi che la lira vada a zero?»

«Proprio a zero no, giù, certo.»

«Allora» si rasserenava «aumenteranno gli stipendi.»

Faceva considerazioni curiose: «Ma perché i giovani vogliono la laurea, il diploma? Dovrebbero ammirare quelli che non sanno niente... Oggi un uomo onesto è anche leggermente ridicolo. Dire che uno è una brava persona è una offesa spaventosa. Io ho paragonato questa umanità a un serpente che ha perduto la pelle, ma non ne ha rimessa una nuova. Sono un po' sorpreso dalla grande velocità del tempo, non so se a te succede, passa tanto in fretta, mentre quando ero ragazzo no».

Un piacere ascoltarlo; chiacchierava, e succhiava caramelle, e la Gina gli accendeva la sigaretta. Era curioso, e seguiva anche la piccola cronaca, i dibattiti; si discuteva dei film di Pasolini, delle follie e dell'erotismo: «Non ho visto nulla. Ho parlato con un urologo, e mi ha detto che una grandissima percentuale di giovani è impotente. Non so se è vero. Quando il sesso era misterioso aveva un certo fascino che ora non ha più. I nostri antenati amavano donne che portavano sei paia di mutande e destavano passioni che oggi non suscitano più».

Qualche volta il discorso cadeva sui grandi del passato: «Eliot l'ho visto nel suo ufficio d'impiegato di banca, a Londra, e poi due volte a Roma, era molto avaro della sua personalità, non si spendeva tanto; dopo un quarto d'ora la segretaria faceva un cenno, e il colloquio finiva. Era molto conservatore.

«Pound invece era tanto gentile, e un eccellente giocatore di tennis. Batté anche Giansiro Ferrata, ma lo diciamo? Forse gli dispiacque.

«Svevo aveva una mentalità da industriale, apprezzò poco i miei articoli, tra me e lui c'era odore di trementina. Anche mio padre commerciava in resine, acquaragia, prodotti chimici. Come romanziere in famiglia non era molto apprezzato.

«Con Joyce ci siamo scritti, diceva di avermi mandato una fotografia con dedica alla *Fiera Letteraria*, dopo la mia recensione ai *Dubliners*, ma non l'ho mai ricevuta».

Gli domandai quale era stato il momento più lieto della sua storia: «I due o tre anni che seguirono la prima guerra. Mi sentivo abbastanza giovane, ma non lo ero. Non ho praticato nessuno sport, una felicità fisica non l'ho conosciuta. Se la vita è un labirinto, sono passato in mezzo a innumerevoli interstizi senza riportare gravi danni, non so se per abilità; forse per caso».

Andavo ogni tanto a Lugano in visita da Giuseppe Prezzolini: Jakie, la moglie, preparava un buon pranzetto, e io lo ascoltavo con gioia. Ha vissuto cento anni polemizzando. Si era definito «un rompiscatole»; ha discusso, contraddetto e litigato con molti personaggi di questo secolo.

Nell'appartamento modesto, dalla grande vetrata si vedeva il lago, una intera parete era nascosta da uno scaffale che conteneva la corrispondenza scritta e ricevuta. Grossi fascicoli erano intestati a un solo nome: Papini, Croce, Gobetti, Mussolini.

Aveva sempre saputo dire di no. Da ragazzo piantò il liceo perché si accorse che c'era poco da imparare. Fumava l'hascisc, contestava, si direbbe oggi. Nel 1925, quando si accorse della strada che aveva imboccato il fascismo, se ne andò a Parigi. Poi, per trentatré anni ha insegnato alla Columbia University, e ha preso anche la cittadinanza americana. In realtà, ho conosciuto pochi italiani come lui.

Aveva scelto e accettato la solitudine; a New York viveva in una soffitta, su un grattacielo: ma poteva guardare lontano. In una lettera a Gobetti, che come Turati e Salvemini pensava che il fascismo sarebbe stato un episodio passeggero, scrisse: «Durerà venticinque anni». Calcolava, mi spiegò, che doveva esaurirsi una generazione. Ci prese.

Gli chiedevo: – Che cos'è un conservatore?

«È un freno alla illusione umana. C'è chi pensa che tutto quello che è nuovo sarà migliore. Non è uno che vuole tornare indietro, ma intende mantenere quello che è stato provato per molto tempo, mentre ciò che "i progressisti" propongono non tiene quasi mai conto degli ostacoli e del disinganno che nascono da qualunque rapido passo.»

Insistevo: – E la rivoluzione che cos'è?

«Sempre un miraggio: trasforma, può trasformare in parte un Paese, talvolta ne accentua i difetti, per produrre qualcosa, ma non è mai quello che si era sperato. Il 1789 ha creato, niente di meno, Napoleone, e nacque con il presupposto che le guerre erano fatte dai principi per scopi personali, e c'era del vero; scoppiarono poi conflitti molto più estesi, il servizio militare diventò obbligatorio e le masse vennero coinvolte.»

– Che cosa vuol dire essere di destra o di sinistra?

«Rigorosamente parlando, non saprei: conosco individui di destra più rivoluzionari di quelli di sinistra, e ne conosco di sinistra più reazionari di quelli di destra.»

– Tu non hai mai votato: perché?

«Negli Stati Uniti ho abitato in una strada che confluiva con Broadway, e dalle mie finestre si potevano scorgere le panchine sulle quali vi erano spesso degli ubriaconi o dei pezzenti a riposare.

«Quando venivano i galoppini elettorali a sollecitarmi li portavo a guardare e gli dicevo: "Ho sempre studiato, e ho cercato che le mie azioni fossero d'accordo con le mie idee. Ora il mio voto è calcolato così poco che può essere distrutto da uno di quei vagabondi".

«Non ho mai trovato tra quei propagandisti chi mi sapesse rispondere.»

– E il fascismo cos'è stato?

«Un movimento popolare promosso da una minoranza di insegnanti, impiegati di banca, librai, birrai, piccoli possidenti, che da posizioni umili si erano trovati a comandare decine o centinaia di migliaia di combattenti, in un momento in cui dare ordini significava far vivere o far morire, e non si trovavano più a posto quando il conflitto finì, non se la sentivano di riprendere il loro mestiere, e dettero il loro contributo alla formazione dello stato maggiore delle camicie nere; avevano scoperto che la violenza può dare dei buoni risultati nello scontro ideologico.

«Fu il trasferimento dell'azione guerresca nella vita nazionale, e cominciò con quella rivolta sudamericana che è stata l'impresa di Fiume. Per la prima volta l'esercito scese in campo politico: l'iniziativa non fu di D'Annunzio, ma di un gruppo di ufficiali seguito spontaneamente dai soldati. Non ho accettato il fascismo perché lo trovavo troppo ricco dei difetti che attribuiscono agli italiani.»

Io volevo che mi parlasse degli anni lontani, quelli della sua giovinezza: era una delle ultime voci che potevano raccontarmi il «mondo di ieri»; quello che mi commuoveva nelle pagine nostalgiche di Stefan Zweig, e che era stato distrutto dalla rivoltellata di Sarajevo.

Com'era Parigi?, chiedevo, e pensavo ai lampioni, alle ballerine del cancan, a Maupassant, a Zola, ai pittori che si uccidevano con l'assenzio, alla *Belle époque*: «Mi fece paura» rievocava. «Non sapevo bene il francese, non potevo intendermi con le donne. Studiavo. Andavo a leggere Bergson alla "Nationale". Vissi in piccole camere; tutto era più caro. Da noi, con una lira si pranzava. Io e Borgese mangiavamo all'osteria, e alla fine del mese, quando saldavamo il conto, il padrone ci offriva anche un bicchiere di vino.

«Sono andato forse una volta a teatro. Non ho visto la gente bella. Le biblioteche erano aperte fino alle dieci di ser⁀, e a me sembravano un rifugio anche se ti veniva accanto uno che puzzava, un disgraziato che cercava il caldo.

«Più tardi conobbi Henry Bergson, mi accolse molto bene, mi invitò a colazione, ebbi con lui parecchi colloqui. Questi uomini danno il meglio quando scrivono. Mi colpì un episodio poetico. A tavola c'erano lui, la moglie, una signorina. "La nostra figliola" disse. Era carina, ma non parlò. Io la pensavo altezzosa, ma il vecchio filosofo poi spiegò: "È sordomuta".»

Aveva giocato a carte con Carducci, e non sopportava D'Annunzio: «Mio padre era compagno di scuola di Giosue; si davano del tu. Ho fatto una partita con lui e, purtroppo, ho perso. Da noi, a Sondrio, scrisse l'ode al vino della Valtellina. Guardando tra i nostri libri, trovò una edizione del Poliziano del Quattrocento, ma mio padre diffidente disse: "È meglio che gliela tolga di mano prima che se la metta in tasca". Erano stati allievi degli Scolopi, a Firenze, gente seria: il babbo sapeva Virgilio a mente.

«Avevamo antipatia per Gabriele; era l'emblema della vita senza pensieri, godereccia, era quello del *Piacere*. Noi, da idealisti, sostenevamo che il mondo esterno non esisteva. Papini fu inviato dallo scultore russo Trubeckoj, c'era anche D'Annunzio che parlò con Giovanni senza capire chi era, come accade dopo una rapida presentazione. Poi gli scrisse una lettera gentile. Lo rivide dopo il fiasco di *Più che l'amore*. Era solo al tavolino di un bar. Papini si avvicinò, ed ebbe una conversazione spicciola e cordiale.

«Romain Rolland, che lo aveva conosciuto, mi spiegò che quando era solo il poeta appariva straordinario, se c'era il pubblico si eccitava e diventava intollerabile.

«Benedetto Croce l'ho conosciuto a Firenze, in un caffè, poi il rapporto si è approfondito a Perugia, dove veniva a passare l'estate per sfuggire al caldo, e alloggiava all'Albergo Belle Arti, di second'ordine, non al Brufani.

«Andai anche a trovarlo a Napoli, stava con una bella donna, più alta di lui, sembrava Teodora, l'imperatrice di Bisanzio, con quello sguardo stupito, era romagnola, non si sa come l'abbia trovata, chi diceva in una pasticceria, chi in un postribolo, non aveva marito, dimostrava spirito, sentimento, compassione, ma che Croce le leggesse i suoi manoscritti mi pare incredibile.

«Una sera Salvatore Di Giacomo recitò alcune delle sue poesie su giovinette perdute, e lei pianse, si commosse. Era molto civetta, ma non so se gli faceva le corna. Lui la trattava un po' come un cagnolino. La presentava come "Donna Nella". Una volta che, ottenuta una grazia, la Nella interruppe la novena, lui la sgridò con ironia: "Non si fanno queste cose con i santi". Quando è morta, Croce stava per ammazzarsi.

«Gentile era allora così suo amico che chiamò un suo figliolo Benedetto. Gentile era forte, serio, incapace di scherzi, Croce divertente».

Tra i collaboratori della *Voce*, figura anche Benito Mussolini: ne parlava con distacco: «Lo sentii a un comizio dei socialisti, e mi colpì profondamente. Quando prese la parola si fece un silenzio assoluto, sembravano tutti soggiogati. Aveva del magnetismo, l'ho provato anch'io. Sono stato io che l'ho tolto dalla scrittura di stupidaggini, quei romanzi osceni e anticlericali: gli feci fare una cosa di impegno, un libro sul Trentino.

«L'ho conosciuto di persona prima del 1911, aveva i baffi, non alto, si mostrava molto deciso. Fui il suo corrispondente dalla capitale quando fondò *Il popolo d'Italia*, ma non potevo mantenermi a Roma, e ci accordammo per dei pezzi da Firenze.

«Mi dava quattrocento lire al mese, ne spendevo centocinquanta di pensione, e con il resto mantenevo i miei che non si erano trasferiti. Non ho avuto mai da ridire».

Tra quelli che scrissero sulla *Voce*, figurano Luigi Einaudi, don Luigi Sturzo, Saba, Bacchelli, Gaetano Salvemini, Giovanni Amendola: poi, ognuno avrebbe seguito la sua strada, e vissuto il suo dramma. Prezzolini li ricordava con la pacatezza con cui si guarda a vicende lontane: «Salvemini era un ottimo professore, simpatico, attivo, convincente. Dipendeva dai momenti: dava entusiasmo, persuadeva. Lo conoscemmo bene dopo la disgrazia; perse tutti i suoi nel terremoto di Messina. Era convinto che il bambino piccolo, che non parlava, potesse essere vivo tra quelli salvati o dispersi. Cambiò: ma era anche senza pietà; duro, se l'aveva con uno, tirava dritto fino alla morte.

«Amendola è un carattere poco conosciuto, con tremendi scrupoli di coscienza e di indignazione, molto sensibili. Si era sposato per motivi religiosi, erano teosofi tutti e due. Lui era bellissimo, lei no: ma molto intelligente. In una mistica riunione si è innamorato».

Non ho avuto, e non ho, molti amici tra i miei coetanei, mi hanno sempre attratto le persone più anziane: forse perché ho cominciato molto presto a passare le notti tra i banconi della tipografia, a svirgolare notizie, o corrispondenze provinciali, a far l'estensore di fatterelli di cronaca, perché mi piacciono le storie, e quelli che le hanno vissute. Ho sempre preferito i romanzi di Jack London alle pagine squisite dei calligrafi; Martin Eden, scrittore infelice, era per me un modello.

Degli Amendola io ho conosciuto bene Giorgio; mi ha scritto alcune righe incerte e sgangherate due giorni prima di morire.

Era comunista, io no: io sono un ex Partito d'azione, con tutti i difetti che molti attribuiscono a questa ristretta categoria di superstiti, un socialista senza Marx e senza tessera, uno che ogni tanto non va a votare, perché ritiene il rito simbolico, o superfluo.

Ma per Giorgio Amendola, figlio di Giovanni, io ho avuto un vero affetto, e una stima non condizionata. Proprio mi piaceva.

Concesse a me l'ultima intervista, e aveva l'aria di dettare il testamento. Era segnato dal male e c'era nel suo ufficio alle Botteghe Oscure un ritratto di Guttuso, che in quegli occhi sbarrati, nel volto che fu bellissimo, e appariva scavato, aveva già dipinto la fine. Le sue parole erano sempre vere e sofferte, e non le dimenticherò; parlava di sé, e dei suoi errori, con dolore.

«Io ero uno stalinista convinto» mi diceva. «Nel '38 e nel '39, ho partecipato alle polemiche sui processi di Mosca, sulle "purghe". Avevo assunto la difesa del terrore, richiamandomi al periodo giacobino, e osservando la situazione francese: corrotta, spie dappertutto, i Rosselli assassinati, una democrazia torbida, incapace di proteggersi dalle infiltrazioni fasciste.

«Dall'altra parte c'era il rigore con cui venivano colpiti anche i compagni accusati di tradimento. No, non sembravano tesi aberranti. Poi venne il XX Congresso, e liquidò quel tempo e nonostante gli eccessi di Chruščëv (disse perfino che Stalin non sapeva leggere le carte geografiche, ma non è vero, lo ha smentito anche Churchill) restava la sostanza di quei fatti, che portò all'autocritica, a un esame profondo, e anche sofferto.

«Stalin, io l'ho visto soltanto ai funerali, e avvertii fin da quel momento un senso di distacco. Ci invitarono ad andare subito il giorno dopo, al Bol'šoj. "Già si va a teatro?" dicemmo.

«Spiegarono che bisognava rianimare la gente, c'erano stati molti morti, assiderati o schiacciati durante la lunga cerimonia, si doveva far capire che il mondo continua.

«Togliatti e la Iotti, Nenni e io eravamo ospitati in una dacia, e non andammo. Passammo la serata conversando. "Ho l'impressione" dissi "che qui si comincia a ridimensionare."

«Nenni osservò che non c'era alcuna ragione, ma io insistetti: è sempre accaduto.

«Quando arrivammo, vedemmo che molti piangevano, la cuoca che ci preparava i pasti, i generali che lui aveva tartassati; ci abbracciò un ometto grasso e piccolo, poi sapemmo che si chiamava Chruščëv. Berija e Malenkov mi fecero una impressione gelida. Il solo che aveva la voce incrinata era Molotov.

«Perché entrai nel Pci? È un discorso molto difficile. L'impotenza del vecchio antifascismo. Andai a Parigi, c'era appena stata la traslazione della salma di mio padre dal cimitero di Cannes. Presentai un piano di organizzazione illegale per non lasciare ai comunisti il monopolio alla lotta. Cercai Treves, lo trovai; viveva in un alberghetto. Glielo consegnai. "Lasciamelo, ci penseremo" disse.

«Quando lo rividi si mise a piangere. "Non contare su di noi. Siamo dei vinti. Cercate la vostra strada."

«Era onesto. Rientrai, e ci fu un lungo periodo di meditazione. Frequentavo Emilio Sereni, discutevo con lui. Scoprii che un elemento essenziale in una battaglia contro il fascismo era la classe operaia, e quindi chi meglio la rappresentava. Poi, il richiamo che esercitava l'Unione Sovietica, l'unico Paese socialista.

«Andavo la domenica in visita da Benedetto Croce. Disse una volta il filosofo: "È arrivato dalla Russia Stefan Zweig; ne sentirete delle belle".

«Zweig raccontò delle difficoltà del piano quinquennale, di legna razionata, prima alle scuole elementari, poi agli ospedali, poi alle fabbriche e, alla fine, alle abitazioni. C'era anche molta fame.

«Croce domandò: "Come accetta la popolazione queste miserie e questo regime?". "Gran parte per necessità" disse Zweig. "Ma attorno al Partito comunista c'è una minoranza molto impegnata che lo appoggia."

«Per me fu una conferma, e il mio entusiasmo crebbe.»

Era molto stanco, e forse anche deluso. Si sentiva emarginato: l'offendeva, ad esempio, il fatto che i compagni sovietici tentassero di adeguare la storia agli ultimi avvenimenti, non condivideva alcune iniziative sindacali, ma era fermo nelle convinzioni che avevano illuminato la sua dura esistenza: «Senza la Rivoluzione d'Ottobre e quello che ne è seguito» mormorò con affanno «il secolo avrebbe avuto un altro destino, non sarebbe tramontato il colonialismo, e non avrebbero assunto il ruolo di protagoniste masse sterminate costrette alla schiavitù. Per non ripetere una frase che non è convenzionale: da quella breccia è passata l'avanzata di tre miliardi di uomini».

Ci fu un tempo in cui, chi voleva attaccarmi, o compatirmi, mi definiva «nenniano». Non ho mai risposto. Un politico che aveva fatta tanta carriera, mi rimproverò per una critica: «Al tuo amico Pietro non l'avresti detto». Invece sì: ma lui non si sarebbe impermalito. Sapevo i suoi sbagli, ma onoravo la sua vita. Dicevano che era «l'ultimo gattopardo», «un grande demiurgo», «un tribuno», «un trombone», o anche «un fascista» o addirittura «un traditore».

Io lo vedevo umano, appartato, ma superstite delle bufere di quasi cento anni: dalle carceri mandamentali delle cittadine romagnole alle prigioni di Francia; dai colloqui col detenuto Mussolini all'amicizia con Aneurin Bevan, o con Léon Blum, da un pranzo a corte con Elisabetta, alle tavolate degne di Gogol' del Cremlino, con Stalin anfitrione, ai dialoghi con Mao o con De Gaulle.

L'orfano cresciuto in un collegio dei preti di Faenza, che divorava di nascosto gli opuscoli degli anarchici e dei repubblicani, infilati tra i messali e le raccolte di preghiere, aveva imparato sulla strada la lezione per vivere. Mi confidò: «Ho dovuto cercare tutto da solo».

Gli riconoscevano due grandi amori: il partito e la famiglia; dal Psi penso abbia avuto qualche delusione. Non si rassegnava al ruolo di simbolo. Una volta si lasciò andare: «Non lo sono, e neppure un sorpassato, come leggo spesso. Lo siamo tutti, quando abbiamo la fortuna, o la disgrazia, di non morire nel giorno migliore, appena conclusa la nostra opera, e vediamo forze nuove, uomini nuovi, farsi avanti e aprirsi la via».

Ammetteva i suoi errori: il Fronte popolare, per esempio: «Io fui, evidentemente,» confessava «al di sotto della realtà. Ma non va dimenticato, c'erano dieci milioni di voti per il re, che non erano consensi monarchici, e rivelavano la presenza minacciosa di quella destra che è un fattore permanente nell'esistenza di un popolo, in particolare del nostro».

Si vergognava di avere pronunciato parole ingiuste: «Quando a Budapest processarono Rajczi,» raccontava «dissi una frase che era sprezzante e di cui mi pento profondamente: "Abbiamo poco tempo per difendere gli innocenti, e non possiamo perderlo per coloro che si dichiarano colpevoli".

«Non volevo ammettere che gente di un certo livello, come erano i capi comunisti, arrivassero a confessare colpe che non avevano mai commesso, non capivo come si potessero affrontare con serenità condanne che offendevano la giustizia. Quando Rajczi andò alla morte passai una notte insonne. Chi sa quali coercizioni aveva subìto».

Pensava di scrivere la sua biografia, e l'editore Angelo Rizzoli, per il quale lavoravo, ci invitò a Ischia, perché ne parlassimo, e gli dessi una mano.

Ricordo certi suoi racconti, e certi abbandoni. Si arrabbiò quando qualcuno, durante un pranzo, disse che Mussolini lo aveva fatto portare in Italia, dopo la caduta della Francia, per eliminarlo. «Questo lui non lo avrebbe mai fatto» intervenne con calore.

Rievocò il viaggio. Il primo carcere nel quale lo rinchiusero era quello di Bressanone. «Tocca ora a voi salvare l'Italia» gli disse il direttore della prigione, rendendosi conto che il Paese era ormai alla rovina.

Lo trasferirono a Roma, a Regina Coeli: era la vigilia di Pasqua. Un ferroviere lo riconobbe, e dopo un poco lo scompartimento si riempì di uova, regalo dei viaggiatori. Giunsero nella capitale all'alba e i carabinieri gli chiesero se, prima di finire in cella, voleva fare un giro per la città, dalla quale mancava da tanti anni. Gli coprirono le manette con un cappotto, e lo fecero passare anche da piazza Venezia. «Da lassù, "lui" fa i discorsi» spiegarono indicando il balcone.

Mi parlò dei viaggi a Mosca, degli incontri che aveva fatto al Cremlino. Aveva conosciuto Malenkov, Stalin, Molotov e Chruščëv. Di Malenkov ricordava il rigore, Molotov era impenetrabile, non valeva la pena di parlare con lui. Chruščëv gli parve più sciolto, capace di ragionare con una certa libertà.

Vide anche Stalin, un anno prima che morisse, e ne rimase deluso. Si andava da lui in un singolare stato d'animo, come presi da una grande attesa. Ci si trovava davanti a un uomo di statura piccola, sorridente, che faceva di continuo disegni adoperando molti fogli di carta: «Rimpiango» diceva Nenni «di non avergliene chiesto qualcuno. Chi sa che fra cento anni non abbiano molto valore».

«La gente» spiegava ridendo «immagina che i miei rapporti con Togliatti fossero intensi, che lo incontrassi ogni giorno. Ma non è vero. Erano improntati a cordialità, ma poco frequenti.»

Mi parlò di De Gasperi con rispetto, del colloquio che ebbero quando il presidente del Consiglio democristiano tornò dall'America: «Mi dispiace, Nenni,» gli disse «ma devo fare a meno, oltre che di Togliatti, anche di te». Togliatti lo ammoniva: «Tu non sei un vero politico, perché non riesci a odiare».

Ricordava, con umorismo, un pranzo al quale partecipò, come ministro degli Esteri, a Buckingham Palace. Sedeva accanto a Filippo, all'ambasciata gli avevano procurato un frac a noleggio. Gli venne da sorridere, a vedersi al centro di un banchetto di corte, e confidò al principe: «Da giovane cantavo una canzone che dice: "Con le budella dell'ultimo papa, impiccheremo l'ultimo re"».

Confidava anche qualche delusione, citando una frase di Turati: «Come sarebbe bello il socialismo senza i socialisti». Era rimasto sbigottito, andando a casa di un compagno, nel vedersi accogliere dal cameriere in guanti bianchi. «C'è qualcosa che non va» commentava con amarezza «quando i dirigenti fanno questa vita.»

Diceva anche: «Andare al governo, che importa? Il Partito socialista conta solo se sa conquistare le masse. È inutile avere posti da presidente o da ministro se dietro non ci sono gli operai».

Il suo punto di vista non è, evidentemente, condiviso dai discepoli. Trovavo in Nenni qualcosa di paterno, mi conquistava con la sua rassegnazione, e con il coraggio: «Ho molta fiducia nell'Uomo e poca negli uomini» diceva, e anche: «Ho cercato di aiutare ad andare avanti quelli che erano stati condannati a restare indietro».

Qualche volta, mi sono sentito straniero anche a casa. «Questa Italia non mi piace» diceva Giovanni Amendola. È capitato anche a me. Bisogna essere lontani per volerle più bene.

Forse siamo legati a delle piccole patrie: immagini di luoghi in cui abbiamo vissuto i momenti che contano.

La scuola dove ho imparato a leggere, maschi e femmine insieme, molti con la testa rapata per paura dei pidocchi, odore di gesso e di inchiostro che si asciuga, di panno bagnato dalla neve, scarpe chiodate che fanno troppo fracasso sul pavimento di tavole. Il ritratto dei sovrani, e il collo della regina è adorno di una collana di perle. Quanto costeranno?

L'Ersilia che ripete da tre anni, e non ce la fa a imparare la moltiplicazione, tenta di impiccarsi nella stalla con la corda del dondolo.

Il *Miserere* che accompagna i funerali, e la processione del Venerdì Santo, i paramentri viola del parroco, la terra appena scavata che poi buttano per coprire la cassa, un rumore cupo che non posso sentire.

Ti ho parlato del male, Lucia, e a compiere il male sono i cattivi. Già: chi sono i cattivi? Feci la radiocronaca di un processo che si concluse con la condanna a morte dell'imputato. Era uno di Salò, si chiamava Tartarotti. Comandava una squadraccia, lo accusavano di tanti delitti. Cercava di giustificarsi: era stato incerto se andare con i partigiani di Tito, o nella Repubblica sociale. Venivano le madri degli ammazzati, e qualcuna era tanto esasperata che sembrava recitasse: senza offesa, il dolore può diventare, a forza di rievocarlo, un copione. L'ho notato in diverse occasioni, si ripetono le stesse battute, si aggiungono tutt'al più altri particolari.

La mattina dell'esecuzione, il giudice che doveva leggere la sentenza si addormentò, e Tartarotti attese, seduto sulla bara, fumando, con il plotone di poliziotti ausiliari che si annoiavano e manovravano i moschetti, che il magistrato arrivasse.

«Vorrei essere fucilato al petto» disse «come il generale Bellomo» un disgraziato, credo innocente, ammazzato dagli inglesi.

Rispose uno dei giovanotti in divisa: «Tu non sei un soldato, tu sei un delinquente».

E Tartarotti, con pacatezza, quasi sorridendo: «Davanti alla morte siamo tutti uguali».

Ho passato tre giorni nel penitenziario di Gaeta con Herbert Kappler, quello della strage delle Ardeatine. Il colonnello veniva nel parlatorio con la macchinetta da caffè, e mentre la «napoletana» bolliva, cominciavamo i nostri colloqui, guardinghi, impacciati.

– Colonnello – attaccavo.

«Non mi chiami così.»

– Signore – tentavo.

«Dica Kappler, prego.»

Sembrava che si volesse punire, annullare, lui che aveva sempre creduto ai gradi, alla disciplina, al ruolo.

I muri vecchi buttavano fuori salsedine, secolari odori di rancio, nelle pause si sentivano le grida dei gabbiani. E dovevamo arrivare a quando gli uomini, con le mani legate dal filo di ferro si inginocchiavano nelle grotte, e le SS cercavano coraggio nelle bottiglie di cognac, per puntare le pistole su quelle teste reclinate, illuminate alla meglio dalle torce, e l'aria bruciava di polvere da sparo e di sangue caldo.

«Quanto zucchero?», chiedeva premuroso il colonnello. E voleva che io sapessi come era triste quella volta a Berlino, quando vide sulla Kurfürstendamm una coppia di distinti signori, molto dignitosi, con una stella gialla sul petto, che passeggiavano tenendosi a braccetto e guardavano fieramente la folla.

Si sentiva, potevo capirlo?, anche lui vittima di qualcosa che non aveva saputo, o voluto evitare. «Quelli che mi hanno dato l'ordine» diceva «sono tutti fuori.»

Aveva sbagliato, sciaguratamente, il conto degli ostaggi: tre in più della regola. E quasi sottintendeva: Che sono, di fronte ai milioni di caduti, e l'esercizio non continua anche adesso, nei villaggi tra le risaie, nei deserti, e nel cemento delle grandi città?

Ho visto abbattere sette prigionieri; erano ragazzi, non ci fu processo, non c'era colpa: solo una divisa. Non erano una cifra, una statistica: centomila, come a Dresda, o Hiroshima. Quando i cadaveri sono tanti si perdono nell'enormità. Sette. Ma parlavano con me, e mi mostravano le fotografie di ragazze con le trecce bionde e di bambini con le guance rosse.

Ho segnato nel mio taccuino oltre sessant'anni di cronaca: episodi gentili, stragi, artisti, imbroglioni, signore, puttane, regine, finanzieri, scienziati, soldati, guitti, uomini di Dio, spie, politici di ogni parte, e sono arrivato a una conclusione banale: tutti pagano e a pronta cassa. Improbabili, dopo, l'inferno e il paradiso.

Sabin sconfisse la poliomielite, e la moglie, che si sente trascurata, che odia quegli studi, quelle ricerche, infila la testa in un sacchetto di plastica.

Incontravo Toscanini, vecchio, che si aggirava smarrito per le strade di Milano, pilotato dalla nipote, non c'era più il caffè di una volta, il bottegaio all'angolo era sparito, mancava da cinquant'anni: tutto era cambiato. Non gli piaceva più neppure il pane, rimpiangeva quello cotto nel forno dei contadini.

Wally, la figlia, mi raccontò che negli ultimi tempi era molto infelice. Osservava certe istantanee che rivelavano la sua tristezza, chiamava la segretaria: «Signorina Colombo, guardi il povero Toscanini». Il matrimonio non aveva dato gioia a nessuno dei due. I figli lo avevano deluso. «Per lui» diceva Wally «non c'era che il suo lavoro. Non ha avuto voglia, o modo, di occuparsi di noi. Tante donne. È stato infedele a tutte. Quando la mamma è morta era disperato, forse anche per il rimorso di averla fatta soffrire. Si dispiaceva delle sue debolezze, avrebbe voluto essere diverso, rigido, virtuoso. Una volta sola mi ha dato due schiaffi gridando: "Sei una traviata", perché amavo un uomo sposato.»

Ogni volta che avvicinavo Ignazio Silone ero a disagio. Mi fissava con quegli occhi desolati, la faccia era segnata da rughe profonde attorno alla bocca. Mi accompagnava la portinaia, lo trovavo sempre solo, con la tavola apparecchiata, due piatti, l'oliera, un panino. Mi disse che la solitudine era per lui una scelta. Parlava con fatica, fin da giovane soffriva di mal di petto. Aveva combattuto contro tutti gli apparati, e si sentiva sconfitto. Mi spiegò: «C'è un certo destino delle istituzioni: i partiti, Stato, Chiesa, appena hanno successo, appena si avviano ad affermarsi, decadono. Quello che era il loro fine, diventa il loro mezzo. Credo sia una legge terribile alla quale è impossibile sottrarsi. Prima servono i loro ideali, Gesù Cristo, il socialismo, la classe operaia, e poi diventano potenti e ne fanno degli strumenti: il fascismo della nazione, il comunismo del proletariato, il clero di Dio, e si identificano persino con il Padre Eterno, con il Popolo, e chi è contro i preti è contro il Signore, chi non va d'accordo col Pci è avversario dei lavoratori.

«È una condizione assai tragica perché a ben riflettere non si può immaginare la società organizzata senza queste forze, ma non è neppure onesto asservirsi».

Fontamara, il suo romanzo tradotto in ventisei lingue, anche in esperanto, e in afrikaans, si chiude con queste righe: «Dopo tante pene e tanti lutti, tante lacrime e tante piaghe, tanto odio, tanta ingiustizia e tanta disperazione, che fare?».

Mi viene in mente una vecchia dama, che ebbe un posto nelle cronache mondane del secolo scorso, e che io conobbi quando era ormai fuori dalla vita: la contessa Jeanne de Bosdari. La rivedo nel salotto in penombra, incredibilmcntc magra, dipinta, con addosso indumcnti e gioielli che testimoniavano mode superate: immobile, lo sguardo fisso su ninnoli strani, su foto ingiallite, appariva come una presenza fuori dal tempo. Aveva sposato un ambasciatore. Nei giorni della giovinezza, con le liete sorelle, aveva ispirato a D'Annunzio le pagine di *Le vergini delle rocce*, ed era ancora giovinetta quando a Roma, durante una festa da ballo, conobbe il conte di Torino.

«Mi chiese di fare con lui un valzer» raccontava «e il ballo è durato cinquant'anni.»

Quando le bombe piovevano sulla città, la contessa rifiutava di scendere nel rifugio. Alle insistenze dei domestici rispondeva freddamente con un ordine: «Tirate le tende, e andate dove volete».

Quello che accadeva fuori non le apparteneva più.

VIII

UN «COMMENDA» DI NOME RIZZOLI

E così, cara Lucia, per dieci anni sono stato inviato speciale della *Stampa* di Giulio De Benedetti. Un direttore terribile, che non sbagliava un colpo e che mi ha fatto anche piangere. La sua prima preoccupazione era quella di accontentare il lettore e il suo istinto non sbagliava quasi mai.

Si muoveva con estrema abilità tra padroni e politici, ebbe contro in alcuni momenti anche i preti, che predicavano contro le sue idee laiche. Si consolava facendo lunghe passeggiate nei boschi. «Mi piacerebbe» mi confidò una volta «morire sotto un albero.»

Ogni tanto aveva contrasti con i rappresentanti della proprietà. Un mattino fu convocato dal professor Valletta che lo ricevette freddamente, facendolo restare in piedi davanti alla sua scrivania. «Devo comunicarle», gli disse, «che lei non può più contare sull'appoggio e sul consenso dei dirigenti della Fiat.»

«D'accordo,» rispose calmissimo, «ma non potrebbe dirmelo anche se io fossi seduto?»

Era ebreo, e gli era capitato di intervistare il Kaiser e anche un giovanotto che, in Germania, cominciava a farsi notare, un certo Adolf Hitler. «Io», gli disse il capo delle camicie brune, «riconosco un israelita al primo colpo.» Evidentemente il suo intuito con De Benedetti non aveva funzionato.

I miei rapporti con lui non sono sempre stati facili. Un esempio per tutti. Mi trovavo in America quando Kennedy venne assassinato. Ero in un hotel sul Mississippi e vidi Walter Cronkite che annunciava dagli schermi televisivi che il presidente era morto. Mi attaccai al telefono e dettai a caldo le mie impressioni.

Il giorno dopo tutto il mondo era pieno d'angoscia, fatta eccezione proprio per il profondo sud degli Stati Uniti dove aveva avuto luogo l'attentato. Allora scrissi un pezzo in cui, invece di uniformarmi agli articoli standard dei colleghi, raccontai quello che stava accadendo negli Stati Uniti nell'ora in cui Kennedy era stato ammazzato. La morte a un passaggio a livello dell'allenatore della più famosa squadra di basket, dieci storie che avevano per protagonisti dei bambini, i piccoli Kennedy che erano stati portati ai giardinetti, insomma, un articolo che in qualche modo si ispirava a un romanzo famoso, *Il ponte di San Luis Rey* di Thornton Wilder.

Quando De Benedetti lo lesse commentò: «Che cos'è questa stronzata?» e io, per risposta, gli mandai un telegramma che diceva: «Da questo momento non sono più un inviato della *Stampa*». Mancava solo che aggiungessi: «Buonasera e tanti saluti».

Ancora oggi quando mi chiedono chi dei due avesse ragione, non so cosa rispondere. Non avevo capito la grande commozione che si era diffusa in Italia e pensavo fosse invece interessante raccontare uno spaccato di vita americana parallelo a quel momento terribile.

Sono le incomprensioni che possono verificarsi tra un inviato e il suo direttore, e un giornalista deve sempre correre i suoi rischi. Il mio pezzo, se la *Stampa* ne avesse pubblicati altri grondanti di commozione, sarebbe andato benissimo, ma dal momento che nessuno lo aveva fatto, toccava a me scriverlo. Insomma, io e De Benedetti non ci eravamo capiti su quello che dovevamo fare. Per un anno non mi feci vivo con lui, poi facemmo pace e ritornai. Sono sempre stato orgoglioso di lavorare per la *Stampa*, è il giornale che dal punto di vista sentimentale mi ha dato di più.

In ogni caso, cara Lucia, De Benedetti era un personaggio straordinario. Pochi giornalisti avevano come lui
il senso della notizia. Credo che sia stato il primo a mettere in apertura una fotografia di Fausto Coppi. È stato
capace di creare una rubrica che ha fatto epoca, «Specchio dei tempi», nella quale pubblicava – e qui c'è il lampo del genio – le lettere di lettori che dicevano quello
che poi pensava lui. Ha fatto della *Stampa* un quotidiano
che faceva opinione in tutta Italia e ha trasformato un
grande giornale regionale in un quotidiano d'importanza nazionale.

Prendeva tutti quelli che gli altri direttori scartavano,
Guido Piovene, per esempio.

Poi, come ho detto, un giorno del 1968 la Fiat lo sfi-
duciò e dovette andarsene. Lo seguii l'anno dopo perché Angelo Rizzoli mi aveva chiesto di fare il direttore
editoriale della sua casa editrice.

Che personaggio, cara Lucia, era Angelo Rizzoli, uno di
quegli uomini che, quando li incontri, capisci subito che
segneranno per sempre la tua vita.

Ricordo la sua faccia dalla pelle rosea, gli occhi che si
facevano piccoli nei momenti di tensione, la finta sigaretta alla menta tra i denti. Aveva sempre con un cappotto di cammello e un cappelluccio d'inverno e, d'estate,
un completo di lino bianco.

Una volta andai a Ischia con lui e Pietro Nenni, avrei
dovuto aiutare il vecchio leader socialista a scrivere le
sue memorie. Li sentii chiacchierare a lungo della loro
infanzia e della loro giovinezza, tutti e due orfani, tutti e
due costretti ad affrontare la vita senza aiuti e senza una
guida.

Nenni ricordava con tristezza gli anni in collegio a
Faenza. Sua madre, che faceva la lattaia, faceva in modo
che avanzasse sempre una tazza di latte per il piccolo Pietro. Rizzoli, invece, ricordava i tempi in cui era stato dai

«Martinitt», gli orfanelli di Milano, come i tempi in qualche modo felici: là dentro, infatti, erano tutti uguali. Prima di essere ammesso tra loro, abitava in centro e frequentava una scuola dove andavano i figli di gente ricca e così sentiva discorsi, vedeva comportamenti, abitudini, giochi che non facevano parte del suo mondo.

Era sua madre a tagliargli i capelli e la maestra, vedendo quella testa rasata alla bell'e meglio e pensando ospitasse animaletti fastidiosi, lo aveva isolato, facendolo sedere all'ultimo banco.

Quando da garzone di tipografia cominciò a comporre caratteri e a tirare bozze, un giovane apprendista gli mise in mano una scopa e disse: «Spazza e cerca di pulire bene!».

Ubbidì ma la mattina seguente, quando la scena si ripeté, passò la scopa all'apprendista e sibilò: «Patti chiari, amicizia lunga. Della merda un giorno mi occupo io, il giorno dopo tu. Così è giusto». L'altro non fiatò neppure.

Lavorò come un disperato all'Alfieri-Lacroix e a forza di risparmi riuscì a mettere da parte ottocentocinquanta lire. A questo punto decise di mettersi in proprio e comprò una pedalina, quella che è oggi esposta in via Rizzoli, e cominciò.

Raccontava: «Uscivo di casa che era buio e tornavo che era notte».

Certe volte, abbruttito dalla fatica, si sdraiava per dormire una mezz'ora sulle risme di carta.

Mi disse che agli inizi aveva dovuto farsi prestare denaro dalle banche e firmare cambiali, una cosa che lo ossessionava. Quando gli venne commissionata la stampa di un manuale di computisteria, vide che in una pagina dove era riprodotto un facsimile di «pagherò» la firma era la sua. Da quel momento decise che doveva farcela soltanto con le sue risorse. Dopo dieci anni la premiata ditta Rizzoli aveva già cento dipendenti e uno stabilimento.

Da quella rotativa uscì l'*Enciclopedia Italiana*, poi *Novella*, *Il secolo illustrato*, *La donna*, *Commedia* e, più tardi l'*Omnibus* di Longanesi, *Settegiorni*, *Oggi*, *Annabella*, il *Bertoldo* e il *Candido* di Giovanni Mosca e Giovannino Guareschi. Poi acquistò dall'editore Mazzocchi l'*Europeo*. Insomma, nel 1960 ogni settimana arrivavano alle edicole cinque milioni di copie dei periodici di Angelo Rizzoli.

Non amava, per usare un eufemismo, Mondadori, e lo chiamava «il ganghestere», mentre Arnoldo non lo nominava neppure, si fermava alla sigla «*Erre*».

Si dice – ed è ormai provato – che Rizzoli, prima della seconda guerra mondiale, possedesse già un miliardo e che quando morì, nel 1970, gli eredi ne trovarono in cassa cento.

Non andava orgoglioso, forse per civetteria, di tutti quei soldi che aveva guadagnato. Affermava che i quattrini bisogna farseli perdonare e che a lui costava più caro.

Possedeva una Rolls-Royce, forse per fare dispetto a Mondadori che aveva *solo* una Bentley, ma la usava soltanto per andare al Festival di Cannes. Non era prudenza o ipocrisia, si sentiva davvero a disagio. Così non gli piacque che suo figlio Andrea, l'erede, maschio, si fosse comprato un aereo: gli pareva eccessivo.

Era generoso, inflessibile in certe trattative, prodigo nei gesti. Un giorno gli parlai di don Zeno, il prete di Nomadelfia, che non aveva un soldo e non sapeva come sfamare la sua gente, i suoi bambini.

«Un milione subito o due a fine mese?» mi chiese.

«Uno subito», risposi.

Firmò l'assegno senza fiatare.

Quando entrava nei casinò – gli piaceva moltissimo giocare – era seguito da un codazzo di accompagnatori interessati. Per toglierseli subito dai piedi, regalava a tutta la compagnia *fiches* di centomila lire e se ne andava al tavolo da gioco. Se la fortuna gli era contraria, si vergognava: «Ho perso in poche ore quello che la mia segretaria guadagna in cinque anni». Non recitava: era sincero.

Fece dono a Ischia addirittura di un ospedale, ma si arrabbiò quando cercarono di fargli pagare anche un'imposta sui fabbricati; fondò l'Istituto d'Arti Grafiche e mantenne fino alla laurea i figli di alcuni suoi collaboratori scomparsi.

Non dimenticava mai le sue origini, ma non se ne faceva un vanto. Quinta elementare e gli pesava la mancanza di cultura. Il suo italiano era zoppicante, ma le sue idee chiarissime. Oreste del Buono, che lavorò a lungo nella sua casa editrice, lo vide una sera che si aggirava per i corridoi ormai deserti e spegneva gli interruttori della luce. «Bisogna risparmiare la corrente,» disse all'attonito Oreste «costa.»

Era Cavaliere del Lavoro e Umberto di Savoia, poco prima di abbandonare l'Italia, lo aveva nominato conte ma Rizzoli non ne parlava mai. Aveva il senso del decoro e sfoggiava invece all'occhiello il nastrino rosso della Legion d'onore.

I rapporti familiari, soprattutto con il figlio Andrea, erano difficili, spesso, crudeli, come mi raccontò il suo ufficio stampa, Gigi De Sanctis.

Un giorno il vecchio Angelo prese in mano una bottiglia e disse: «Questa qui è un monte, una montagna alta».

«L'Everest» gli suggerì De Sanctis.

«Allora sono io,» proseguì.

Poi prese un bicchierino, lo avvicinò alla bottiglia e aggiunse: «E questo è il Col di Lana, ed è mio figlio».

Una volta organizzarono una cerimonia per un particolare anniversario dell'*Europeo*. Andrea cominciò un discorsetto di circostanza, a suo modo garbato e spiritoso, ma il «Commenda», con insofferenza, lo interruppe bruscamente: «Basta, lascia perdere, questi ne sanno più di te».

Andrea si interruppe di colpo e nel salone si diffuse un senso di disagio e di gelo.

Federico Fellini fu testimone diretto di una scena veramente crudele. Erano a bordo del *Sereno*, l'enorme panfilo ricavato da un dragamine. C'era una festa in onore di alcuni americani, gente del cinema; anfitrioni Angelo e Andrea, padre e figlio.

A un certo momento si fermarono tutti davanti a una gabbia dov'era rinchiuso un uccello piccolissimo, appena arrivato dal Brasile, vivace e allegro. Angelo lo fissò un istante, poi, rivolto ad Andrea: «Tu hai una testa come quell'uccellino!».

Più tardi Federico scorse Andrea fermo davanti alla gabbia, giocava con l'uccellino. Si accorse che Fellini lo stava osservando e mormorò con un filo di voce: «È intelligentissimo.».

Poi, quando produsse *Incompreso*, il film che gli piacque di più, che lo fece piangere davvero, volle che il protagonista, il bambino infelice, cambiasse nome e impose all'esterrefatto regista, Luigi Comencini, quello di suo figlio: Andrea.

Il vecchio Rizzoli quando usciva dal suo ufficio dava di Andrea un giudizio terribile e senza appello: «È troppo giovane per prendere il potere e troppo vecchio per ereditarlo».

Considerava il cinema uno svago e un impegno personale, ci investiva capitali suoi senza toccare quelli dell'azienda. La Cineriz, comunque, non ricorreva alle banche: il «Commenda» provvedeva a tutto.

Ogni tanto saltava fuori la sua natura sentimentale e allora cercava di consigliare De Sica che stava girando *Umberto D.*, una tristissima storia ispirata dalla solitudine di un pensionato: «Guarda, Vittorio, che questo vecchio l'è antipatico».

Prega Federico Fellini, che sta girando *La dolce vita*, di non abbandonarsi al pessimismo e allo sconforto: «Ce lo metta dentro un raggio di sole!».

Dopo il successo mondiale di *8½*, *Time Magazine* voleva dedicargli una copertina e pubblicare un lungo articolo su vita e imprese del «Commenda». Fu richiesta dagli Stati Uniti una scheda biografica che servisse come base documentaria per il racconto.

Rizzoli, per la stesura, si rivolse a Gaetano Afeltra, ma pose una condizione precisa: il primo periodo, l'«attacco», insomma, voleva essere lui a dettarlo. Gaetano, naturalmente, assentì e allora: «Afeltra, prenda subito la penna e scriva: "Se Rizzoli piscia all'angolo della strada, in quell'angolo cresce una rosa, perché Rizzoli ha culo".».

Ecco il giudizio che Gaetano Afeltra ha dato di Angelo Rizzoli: «Un grande editore che mostrava intelligenza e grossolanità, generosità e avarizia, difetti e virtù: pieno di fascino, con quell'occhio pungente e penetrante, la pupilla in qualche modo era spietata. Non concepiva una operazione sballata, se un giornale non andava bene, lo chiudeva».

Federico Fellini ha legato il suo nome ad alcuni capolavori di Angelo Rizzoli, è stato l'indispensabile e deferente complice. Ecco come lo ricordava: «Mi chiamava il "caro artista", ma senza voler fare dell'ironia gratuita e senza riferirsi alla vocazione di una casta. Lo diceva come un granduca o un pontefice o un mecenate che si rivolgeva a qualcuno che aveva scelto quel mestiere per vivere. Insomma, si sentiva un po' come Giulio II quando parlava con Michelangelo.

«Era molto rispettoso del mio lavoro, anche quando gli sembrava incomprensibile. Mi diceva: "I tuoi film io non li capisco, ma mi appassionano".

Come direttore editoriale della Rizzoli ho fatto alcune operazioni che funzionano ancora. Una volta il «Commenda» mi mandò a chiamare e mi disse: «Mi faccia un piacere, chiuda *Novella* che non va proprio più».

Io, che ero appena arrivato, risposi: «Guardi, esordire come direttore editoriale chiudendo un giornale non è proprio il massimo. Mi lasci vedere cosa si può fare».

Direttore di *Novella* era allora Antonio Terzi e quella testata poteva vantare una tradizione di tutto rispetto.

Sulle sue colonne aveva scritto, ad esempio, Marino Moretti, ma il successo della televisione aveva danneggiato il giornale.

Proprio in quei giorni, durante il Festival di Sanremo, si uccise un bravissimo cantante, Luigi Tenco, disperato perché la giuria aveva bocciato la sua canzone.

Proposi a Terzi di raccontare quella tragedia, retroscena e particolari. Fu un successo, la tiratura andò esaurita.

Poi andai a trovare la principessa Maria Pia di Savoia e la convinsi a scrivere per *Novella* la storia della sua vita. Stampammo migliaia di locandine, facemmo il lancio in estate e fu un trionfo. *Novella* c'è ancora e, guarda i casi della vita, lo dirige nostra figlia Bice.

Facevo sì il direttore editoriale, ma mi consideravo un redattore aggiunto, sempre disponibile ad andare dove c'era qualcosa da raccontare. Dopo l'invasione della Cecoslovacchia e la repressione della «primavera di Praga», quando sembrò che l'Armata Rossa stesse per «aiutare fraternamente» la Romania di Ceausescu, andai a Bucarest dove mi capitò un fatto che non ho più dimenticato.

La città era piena di giornalisti che aspettavano l'arrivo dei carri armati sovietici. Il ristorante all'aperto dell'Athénée Palace era requisito dagli inviati. Servivano caviale del Volga, vodka polacca, rum di Cuba. Nei bei parchi passeggiavano le coppie di innamorati e correvano i bambini. Sui muri i manifesti annunciavano l'imminente arrivo di un nostro cantante, Bobby Solo.

I contadini venuti in gita domenicale compravano alle bancarelle salsicce fritte e bottigliette di gazzosa. Nei cinematografi si proiettavano film che avevano come eroi centurioni dell'antica Roma, perché il popolo rumeno è fiero della sua origine latina. Nelle chiese i preti ortodossi, dalle lunghe barbe e dalle voci da basso, cantavano i salmi.

Non accadde nulla, i russi non arrivarono e noi ce la spassammo. Le donne venivano a cercarci, i più previdenti, prima di partire, avevano fatto incetta di calze di nylon e di boccette di profumo al *duty free* .

Era notte inoltrata ed ero appena rientrato nella mia camera quando udii un timido bussare alla porta. Aprii. Era una ragazzina esile, dal volto dolce, triste, delicato. Una studentessa, certamente. Senza pronunciare una parola, si tolse il golf rivelando un reggipetto rozzo e grigio che ignorava da tempo i detersivi.

Scossi il capo, le feci cenno di rivestirsi e le diedi qualche dollaro. Mi fissò con occhi innocenti, grata e stupita. Quando feci per riaccompagnarla alla porta, notai che guardava con insistenza verso un tavolino dove si trovavano alcune riviste portate dall'Italia. Le presi e gliele diedi. Mi sorrise e si allontanò nel corridoio buio. Chissà cos'è stato di lei.

IX

L'AMICO FEDERICO

Quando sono a lavorare nel mio ufficio al piano superiore della Libreria Rizzoli, in Galleria Vittorio Emanuele, posso dire cara Lucia, di non essere mai solo, nemmeno per un istante.

Non mi riferisco ai pochi amici, sempre più selezionati ormai (è un lusso che, alla mia età, posso permettermi), che vengono a trovarmi o ai necessari incontri professionali. Ci sono altre presenze che mi accompagnano per tutta la mia giornata.

Se alzo, infatti, gli occhi dalla pagina che sto scrivendo, posso contemplare alcune fotografie che sono quasi il riassunto della mia vita e dei miei legami più stretti: mio padre e mia madre, poveri e dignitosi, con l'espressione seria di chi era preoccupato soprattutto di due cose che stanno passando di moda – il «decoro» e il «dovere» –; un ragazzino (il sottoscritto) con il grembiulino della scuola elementare, stretto con i suoi compagni attorno al «signor maestro»; due ragazzi innamorati – tu e io – che andavano a passeggio sereni e innocenti in tempi difficili; tu che stringi con amore Anna, unite in quella fotografia come lo siete state nella vita e adesso nella morte; il volto arguto e bonario di un benefattore dell'umanità, Albert Bruce Sabin, che salvò dalla poliomielite milioni di bambini senza pretendere un soldo; quello severo e quasi accigliato di Eric Linder, il re degli agenti letterari e un amico fraterno; il fragile ma ferreo Ersilio Tonini che riceve la berretta cardinalizia da papa Giovanni Paolo II; le foto delle nostre figlie e dei nostri nipoti.

Quante storie dietro ognuna di quelle immagini, quanta passione, quanti sentimenti condivisi...

Ma dietro le mie spalle appare, quasi all'improvviso, una macchia di colore incorniciata: chi non mi conosce deve avvicinarsi per cercare di capire di che cosa si tratta. È un disegno in cui due figurine, un uomo e una donna che sfoggiano due grandi sciarpe lunghe quasi fino ai piedi – lui rossa, lei verde, – fanno a chi le osserva un cenno di saluto.

Dalle bocche di entrambi esce un fumetto. Leggiamone le parole. Lui, con fiero cipiglio e sicuro di sé: «Alla banda Biagi / Federico e Giulietta augurano / di felicità una grande fetta»; lei, dolce e protettiva: «Non sono proprio bei versi, / ma non si può dirglielo». È un quadretto donatomi tanti anni fa da Federico Fellini (sapeva anche disegnare con gusto, senso del colore e finezza) e da Giulietta Masina, sua moglie.

Federico Fellini: uno dei più grandi registi del nostro cinema, uno dei pochi italiani «da esportazione» (come ebbi modo di affermare più volte) assieme a Giovanni Agnelli, «l'Avvocato» (al quale resterò grato per sempre, perché, quando gli altri mi mandavano via, lui mi ha sempre accolto nei suoi giornali) e a Enzo Ferrari, «l'Ingegnere», il mitico *Drake* di Maranello.

Ho già ricordato come c'incontrammo per la prima volta nella redazione di *Cronache*; da quel momento, si può dire, non ci siamo mai persi di vista. Ogni occasione era buona per vederci, parlare, fare lunghe camminate per le vie di Milano o Roma quando la tarda serata comincia a diventare notte. Parlavamo di tutto: della vita, del nostro lavoro, dei nostri sentimenti, dei nostri progetti (allora potevamo farlo). E lui, spesso, si lanciava in interminabili monologhi raccontandomi le sue fantasie che sarebbero poi diventati film straordinari.

Quando eravamo lontani, non passava quasi domenica senza che squillasse il telefono e la sua vocina sottile, quasi beffarda chiedesse: «C'è Enzino?».

Come due veri amici (del termine «amicizia» viene fatto oggi un uso troppo disinvolto) abbiamo condiviso la gioia e il dolore, l'allegria e la tristezza, le speranze e i rimpianti. Adesso anche lui e Giulietta se ne sono andati, e quel cenno di saluto che mi rivolgono entrambi da quel disegno ha per me assunto il significato di un addio.

Ricordo una sera, a Roma, era carnevale e in via Veneto (il cui tratto finale verso Villa Borghese si chiama ora Largo Federico Fellini) strombazzavano mascherine costrette all'allegria, e noi due passeggiavamo in silenzio, del tutto estranei a quella letizia obbligata. Io gli dissi: «Ma chissà che cos'è per tutti questi la felicità. Forse le donne?».

Rispose Federico: «Guido, il regista di *8½*, mentre fa un brindisi, circondato dal suo harem, da tutte quelle che ha vagheggiato, dice: "La felicità sarebbe poter dire la verità senza fare piangere nessuno".»

Lui, molto spesso, ne è stato capace.

Non l'ho mai intervistato, abbiamo sempre parlato, camminando, seduti al tavolo di una trattoria. Una lunga conversazione che è durata quasi mezzo secolo.

Mi raccontava che la sua infanzia era stata popolata da visioni fantastiche, al limite del paranormale (anche se lui si ostinava a negarlo) e che il desiderio di rappresentare qualcosa, di raccontare la realtà trasformandola era per lui una vera e propria vocazione.

«Non credo» mi diceva, mentre cercava di farmi capire che cosa era secondo lui la "fantasia" «di essere stato un bambino particolare, di quelli che si dicono "strani". Penso che tutti da bambini abbiano con la realtà un rapporto sfumato, emozionale, sognato; tutto è fantastico per un bambino, perché sconosciuto, mai visto, mai sperimentato.

«Il mondo si presenta ai suoi occhi totalmente privo

di intenzioni, di significati, vuoto di sintesi concettuali, di elaborazioni simboliche: è solo un gigantesco spettacolo, gratuito e meraviglioso, una specie di immensa ameba palpitante dove tutto abita, soggetto e oggetto, confusi in un unico flusso inarrestabile, visionario e inconsapevole, affascinante e terrorizzante, dal quale non è emerso lo spartiacque, il confine della coscienza.

«Voglio raccontare che cosa mi capitava quando avevo sette od otto anni. Avevo battezzato i quattro angoli del mio letto con i nomi dei quattro cinematografi di Rimini: Fulgor, Opera Nazionale Balilla, Savoia, Sultano. Andare a letto per me allora era una festa. Non ho mai fatto capricci per restare alzato la sera: tutto quello che si raccontavano i grandi attorno alla tavola perdeva presto per me ogni interesse e così, appena potevo, correvo in camera mia e mi infilavo sotto le lenzuola, tenendo spesso la testa sotto il cuscino, in uno dei quattro angoli del letto. Chiudevo gli occhi stretti stretti, aspettavo buono buono con il fiato sospeso e un po' di batticuore fino a quando, di colpo, silenziosissimo cominciava lo spettacolo. Uno spettacolo tra i più straordinari.

«Che cos'era? Mi è ancora difficile raccontarlo, descriverlo con chiarezza: era un mondo, una fantasmagoria rutilante, una galassia di punti luminosi, sfere, cerchi lucentissimi, stelle, fiamme, vetri colorati: un cosmo notturno e scintillante che si proponeva prima immobile, poi in movimento sempre più vasto e avvolgente, come un immenso gorgo, una spirale abbagliante.

«Ero succhiato e stordito in mezzo a questa esplosione, in una specie di vertigine che non mi dava nausea. Durava un tempo che non saprei definire, non troppo a lungo, in ogni caso; infine si esauriva sempre in silenzio come era venuto, perdendo forza come gli ultimi bagliori del fuoco che si spegne. Aspettavo qualche minuto, poi andavo a mettere la testa in un altro angolo, e le immagini riprendevano. La terza volta erano più sbiadite. Di rado potevo assistere a un quarto "spettacolo". Alla fine, un po' stanco ma soddisfatto e riverberato da tutto quel bombardamento di stelle e di colori, sprofondavo nel sonno.

«La fantasia è semplicemente questo contatto con una dimensione in cui ha diritto di cittadinanza esclusivamente il "vissuto", non importa se ricordato, inventato, immaginato; ciò che conta è la realtà delle emozioni e del sentimento, perché solo le emozioni e il sentimento sono in grado di rendere reale ciò che li ha suscitati, provocati; non esistono forse altri criteri, altri punti di vista che sappiano definire ciò che è reale meglio di questo approccio sensitivo, umanissimamente realistico, con quanto ci circonda, sia esso reale o visionario.

«Perfino nel mio lavoro, nei miei film, mi sembra di poter rintracciare una nitida metafora del sentimento quale unico segno distintivo del reale. A volte, a distanza di anni, emergono dal nulla, all'improvviso, frammenti di scene, prospettive di strade, espressioni di volti, battute pronunciate in silenzio, lo sguardo indecifrabile di un personaggio...

«Sono brandelli di un film così come immaginavo di farlo, ma che poi nel film invece non hanno mai trovato posto, soprassalti di immagini che non ho mai realizzato ma con le quali ho vissuto a lungo prima di lasciarle andare via, di rinunciarvi. Riappaiono non evocate nello strato fluttuante e indefinito della memoria, più pallide, più scolorite, smozzicate, con il loro muto rimprovero di fantasmi che non si sono incarnati, poi spariscono in silenzio come inghiottite negli spazi vuoti e bui dell'immaginazione. Mi lasciano sempre un vago senso di rimorso e di rammarico.»

Era un bambino veramente eccezionale, Federico. Mi ricordo che una volta ci fece morire dal ridere raccontandoci una sua esperienza scolastica quando era anche lui un piccolo balilla. Tra il 1° e il 4 novembre si concentrano ben tre feste importanti: Ognissanti, la Commemorazione dei Defunti e l'Anniversario della

Vittoria. In quest'ultima ricorrenza Federico e i suoi compagni furono portati davanti al monumento che commemorava i caduti: rappresentava un giovane dalla camicia lacera, la fronte avvolta da una benda, in procinto di stramazzare al suolo perché, era legittimo supporre, ferito a morte. Un lungo attimo di silenzio poi il maestro disse con voce stentorea: «Anche voi, un giorno, potreste essere così». Ma il piccolo e riflessivo Federico mormorò con un sussurro: «Ma io no, non voglio. Proprio non mi piace».

La rappresentazione esercitava su quel bizzarro bambino un fascino irresistibile e lui stesso, candidamente lo confessava.

«Ho avuto sempre una certa vocazione allo spettacolo, a intrattenere gli altri raccontando qualche cosa; da piccolo fabbricavo maschere, cucivo vestiti, maneggiavo abbastanza bene i burattini, truccavo visi. Poi, quello che avevo da dire, l'ho detto tutto con i miei film. Ho ancora il ricordo preciso di come è cominciata l'avventura, ritrovo lo stupore e la meraviglia di allora, di riconoscere quel momento in cui per la prima volta sono entrato in un teatro dalla parte del palcoscenico.

«Abitavamo in una villetta, dietro il Politeama Riminese [proprio quella in cui è ambientata parte dell'azione di uno dei suoi film più belli: *Amarcord*]; c'era un giardinetto, anzi un ortaccio, con un fico al quale avevamo attaccato un'altalena. Io ci andavo a giocare con la bambina del piano di sopra. Ho in mente un silos, un casale e nel muro del Politeama un finestrone con la saracinesca sempre abbassata. Una mattina ci accorgemmo che era aperta. C'era una scaletta di ferro. Ci arrampicammo. Un enorme antro buio, scuro. C'era uno che indossava un impermeabile e teneva il capello in testa. Diceva a voce alta: "Non c'è sangue sul davanzale".

«Un'altra vecchia seduta a cucire non era d'accordo. "No, ispettore, c'era."

«Quello dell'impermeabile ci ha notati e si è avvicinato. La mia amichetta aveva un cestino di fichi. "Cosa avete lì? Fichi? Sono buoni? Datemene qualcuno."

«Stavano provando un Grand-Guignol. Ho visto la ribalta, la platea, i teloni bianchi sulle poltrone, il golfo mistico. Abbiamo camminato per i corridoi. Quell'ambiente mi faceva molta impressione. Sudavo, sudavo.

«Dopo è arrivato il circo; aveva piantato il tendone davanti alla Rocca Malatestiana e si vedevano le gabbie con gli orsi. Oscuramente intuii che era accaduto qualcosa: sentivo che non sarei diventato né avvocato né medico.»

Per fortuna, Federico, è andata così. La tua vita e il tuo lavoro ci hanno regalato momenti di arte e di gioia: la vita desolata de *La strada*, la disperazione de *I vitelloni*, la ricerca dell'impossibile de *Lo sceicco bianco*, la purezza de *Le notti di Cabiria*, la denuncia graffiante de *La dolce vita*, le visioni di *Giulietta degli spiriti*, il viaggio nella coscienza e nei misteri della psiche di *8½*, il tempo perduto di *Amarcord*, il tuo triste e sconsolato *Casanova*, la satira graffiante di *Prova d'orchestra*, la sensualità onirica de *La città delle donne*, l'antiepopea di *Ginger e Fred*, il sogno de *La voce della luna*... I tuoi personaggi: matti, disillusi, disperati, cinici, sfrontati, ingenui resteranno per sempre nella nostra memoria, come le donne che hai rappresentato: sontuose, maliarde, misteriose, metafora sullo schermo del mito della Grande Madre dalla quale tutti noi discendiamo.

Cinque Oscar, di cui l'ultimo, nel 1993 alla carriera e ricordo ancora, mentre stringevi tra le mani quella statuetta che faceva di te un italiano famoso nel mondo e quasi dimenticato in patria, le parole che rivolgesti a Giulietta, che sedeva commossa in platea: «Please, Giulietta, don't cry...».

Ho visto Federico per l'ultima volta in una calda giornata d'agosto a Rimini, quando la paralisi l'aveva irrimediabilmente colpito; parlava con fatica.

Mi è rimasta dentro una battuta: «Innamorarsi ancora una volta», che spiega chi era: non un libertino, ma uno che si inventava la vita. Aveva una sua concezione della colpa quasi infantile. Anche le persone diventavano personaggi delle sue favole: anche le donnone floride alle quali, negli abbandoni, diceva: «Culona», «Paciocca».

Si era appena apparentemente ristabilito, eravamo dalla «Cesarina» e mi fece la cronaca di che cosa aveva provato quando il male lo aveva colpito.

«Ho avuto la percezione che potevo essere molto vicino ad andarmene. Tutto è nato da un'iniezione contro l'influenza. Il dolore aumentava, ero schiacciato da un peso enorme sul petto.

«Abitavo in una camera d'albergo. Non sono riuscito a suonare il campanello, ho rovesciato il telefono, sono stramazzato a terra, riverso sulla moquette.

«Mi dicevo: "Sto per morire", e lo ritenevo anche giusto, perché rimandavo da un anno e mezzo un film, mi sembrava di non sapere più fare il mio mestiere, non c'era quindi più ragione di vivere, e mi sembrava che tutto accadesse nella scenografia necessaria, una stanza qualsiasi, anonima, perché mi sono sempre considerato uno zingaro, un viandante.

«Poi, da dov'ero, vedevo il telefono rovesciato e una poltrona, ma non riuscivo a capire bene che cosa erano, mi venne in mente un'esperienza mistica come quella provata con l'Lsd, l'acido lisergico, l'estasi, il nirvana; avevo pianto come un vitello.

«Vedevo dei dischi con alcune buste colorate, ma non sapevo più dire busta, disco, colore; guardavo una mano fluttuante, che vagava, che veniva verso la mia faccia. Immagini mostruose e sconosciute.

«"Sto proprio per andarmene" mi dicevo.

«Attraverso la finestra, era una notte di luna, scorgevo il Palazzo dei Congressi, surreale, come una pittura di De Chirico. "Già," mi dicevo "volevo raccontare il viaggio di Mastorna nella morte. Ho cercato di aprire il portone proibito, adesso si richiude e mi stritola." Poi, per la prima volta, l'idea di Dio. Dio geometra, Dio scienziato: un principio di estrema esattezza, come un teorema. Non mi facevo pena per niente...»

Rimase in silenzio per un lungo attimo, poi mi fissò profondamente negli occhi e mi ripeté quella frase che non potrò mai dimenticare: «Innamorarsi ancora una volta».

Poco tempo dopo Federico ci lasciava per sempre: la sua Giulietta lo seguì dopo poco più di un mese con una speranza: che a Federico dedicassero una strada con degli alberi. «A lui» mi diceva «piacevano tanto».

X
I MIEI ANNI ALLA RAI

Un documento ufficiale, cara Lucia, di quelli che servono ai giornalisti un po' pigri come fonte di informazione e di dati, recita così: «Negli anni Sessanta ha inizio il rapporto di Enzo Biagi con la televisione, destinato a rafforzarsi e a durare nel tempo. Entra alla Rai nel 1961 e diventa direttore del telegiornale».

Quanto tempo fa, Lucia, questa chiamata. Poi quanti anni di lavoro, di inchieste, di servizi, di amicizie, di affetti: quarantun anni, quasi una vita. Un rapporto che, come è logico, ha avuto momenti felici e altri no, ma che mi era entrato nel sangue, che costituiva un punto fisso della mia giornata, raccontando fatti e dicendo sempre quello che pensavo, esponendomi senza preoccuparmi mai di piacere al potente di turno.

Poi, in un giorno del 2002, dalla capitale della Bulgaria – Sofia, la «sapiente», guarda l'ironia del caso – il presidente del Consiglio Silvio Berlusconi ha ritenuto opportuno informare gli italiani e il mondo che avevo fatto «un uso criminoso» di una mia trasmissione e così, nello spazio di pochi mesi, tutto è finito.

Non ho rimpianti né tanto meno rimorsi: se avessi la possibilità di tornare indietro, ripeterei tutto quello che ho fatto. Ho sempre ritenuto di avere un solo giudice e un solo padrone: il pubblico e i telespettatori e i lettori non mi hanno mai considerato un bugiardo né, tanto meno, un criminale.

Quando in quel lontano 1961 sono stato chiamato alla Rai da Ettore Bernabei – che mi affidò la direzione del telegiornale del Primo Canale (allora, in Italia, ce n'erano soltanto due, e il secondo, che contava ben poco, dipendeva dal primo) – avevo già avuto rapporti di lavoro e di collaborazione con la Rai.

Qualche mese prima, infatti, ero stato mandato in Polonia per un servizio per *La Stampa* e Bernabei, che ne era stato informato, mi chiese se potevo fare qualcosa anche per la televisione. Accettai e partii con un operatore bravo, intelligente e simpatico: Franco Lazzaretti. Arrivati a Varsavia, andammo a passeggiare lungo la Novy Swiat, la via principale della capitale polacca. Ci fermammo davanti alla vetrina di un fotografo, specialista in matrimoni, dove erano esposti numerosi ritratti di sposi novelli. Ci scambiammo un'occhiata carica di malinconia; che tristezza quando i poveri si vestono per sembrare e illudersi di essere eleganti. Lei tutta in bianco con uno strascico striminzito, lui con uno smoking preso a nolo, della taglia sbagliata. Dissi a Lazzaretti di riprendere quella vetrina, poteva sempre servirci per documentare quello che era il socialismo reale.

Ma l'idea di un servizio per la Rai mi venne quando mi ricordai di un libretto – nemmeno un centinaio di pagine – che avevo appena letto e che era passato quasi inosservato all'attenzione della critica e dei lettori, *Il diario di David Rubinowicz*. In quel breve testo un bambino ebreo polacco che frequentava le elementari, privo di cultura, di famiglia contadina, figlio di un piccolo commerciante di fieno, annota giorno per giorno sul quaderno di scuola quanto avviene nel suo villaggio durante l'occupazione nazista. «Oggi sono arrivati i tedeschi, hanno portato via la ragazza più bella...» Poi i soldati di Hitler portarono via anche lui. Per sempre.

Di David non sappiamo in pratica quasi nulla: perché la sua casa fu incendiata, la piccola sinagoga, dove nei giorni di festa andava a pregare, era stata devastata e, quando mi recai a vederla, era diventata il cortile di un'officina meccanica, ingombra di bidoni rugginosi e di rottami di ferro.

Di tutti i Rubinowicz è sopravvissuta solo una cugina, che vive in Israele; ma il caso – e a me piace credere che sia stata la giustizia – ha voluto che quel piccolo ebreo polacco sopravvivesse alla sua tragica sorte. Terminata la guerra, mentre sgomberavano i granai appartenuti al signor Rubinowicz, saltarono fuori alcuni quaderni, passò un signore che li lesse e poi li fece avere a un editore che li pubblicò.

Per due anni, ogni giorno, David ha annotato i suoi «strani pensieri» e le vicende di due paesi, Krajino e Bodzentyn, durante l'occupazione tedesca: la piccola cronaca, il mutare delle stagioni, le ore animate dalla speranza o segnate dalla morte.

David non è Anna Frank, è un piccolo contadino, forse non è mai stato in un cinematografo né ha ascoltato la musica di un pianoforte; la sua fantasia si è accesa soltanto grazie ai magici racconti dei cartelloni colorati appesi al muro dietro la cattedra della signora Krogolec – la sua maestra. No, David non ha intuizioni precoci, ma racconta con semplicità e con un distacco che lascia il lettore quasi sbigottito, i terribili eventi di cui è protagonista e testimone.

Non scopre, come Anna Frank, l'amore, scrive come scrivono i bambini, ma capisce il dramma che il suo villaggio sta vivendo e trova, nell'ingenuità dei suoi sentimenti, la rassegnazione e la forza per accettarlo. Il giorno che uccidono una ragazza «che era un fiore», rimane sgomento: quell'infamia, quell'offesa sono tanto gravi che non può esservi salvezza.

Quando gli portano via il padre, non sa capire, accettare. «Forse» annota «se lo sarà meritato». «La colpa di tutto è Abramo» scrive il piccolo ebreo, che cerca nella severità crudele della Bibbia una qualche risposta alle domande che gli passano per la testa. Dopo aver letto quel libricino, ho rintracciato la sua maestra (David era biondo come un tedesco), e il suo compagno di banco con il quale andava a pescare nello stagno e con loro ho ricostruito la vicenda in un documentario intitolato *Il giudice*, perché per me quel bambino scomparso era il vero, il solo giudice della Storia.

Poi sono andato ad Auschwitz. C'erano un custode – un sopravvissuto che era stato rinchiuso in quel campo soltanto perché portava la divisa dei boy-scout –, il filo spinato, le baracche vuote ma popolate da migliaia e migliaia di presenze, il laghetto in cui buttavano le ceneri di tutti coloro che erano passati per il camino.

Questo è stato il primo programma che ho realizzato per la Rai. Sergio Saviane, un critico che era sempre molto severo nei suoi giudizi, scrisse che quella trasmissione era «quasi un capolavoro». Non so se lo fosse, ma ne *Il giudice* c'era dentro tutto quello che provavo mentre lo stavo girando con Lazzaretti.

Torniamo alla mia assunzione alla Rai. Voglio subito precisare che non devo la mia nomina alla direzione del telegiornale a nessun uomo politico. Mi ha chiamato Bernabei (un'altra di quelle persone alle quali sono grato e che non mi ha mai chiesto favori di alcun genere), era un democristiano doc e tutti sapevano benissimo che votavo per i socialisti di Nenni.

Al telegiornale lavorava gente di grande professionalità: avevo un caporedattore – Assetta Binda, un sardo di ferro – che era un tecnico di prim'ordine. Che cos'era la televisione di quei giorni! La tv la si andava a guardare al bar per *Lascia o raddoppia?* Il vero inventore della televisione italiana è stato Mike Bongiorno. Mi ricordo che una volta ero finito in ospedale per una spalla fratturata e Mike venne a trovarmi. Non credo di esagerare se dico che anche i moribondi si alzarono dal letto pur di riuscire a vederlo almeno per un istante.

Era anche il tempo del primo governo di centrosinistra e un settimanale scandalistico di estrema destra – *Lo specchio* – aveva fatto stampare e diffondere un volantino su cui era scritto: «Abbasso Biagi che ha portato i comunisti dentro la Rai!». E Bice, che frequentava il Liceo Mamiani (ci eravamo trasferiti a Roma), ha avuto l'amaro piacere di leggerlo: ricorderò sempre il suo sguardo stupito e addolorato.

Attorno a me, è inutile negarlo, si era instaurato uno sgradevole clima di tensione. Il mio autista, un certo Menichelli che era anche un ex granatiere, un giorno, quasi per consolarmi, mi disse: «Se tutti i socialisti sono come lei mi iscrivo anch'io al Psi». «Guardi che in tasca non ho nessuna tessera» gli risposi.

Venivo, insomma, dipinto come un pericoloso «eversivo». Un eversivo a tempo pieno, però, perché lavoravo anche di notte. I miei collaboratori erano rimasti profondamente impressionati da quel matto (ero io) che era lì alle nove del mattino e che aveva già letto tutti i giornali. Avevo trasferito nel telegiornale il mio modo di fare il cronista: se succedeva qualche cosa di importante alle tre di notte, non bastava venirlo a sapere alle otto e mezzo. Istituii anche il turno di notte e, per dare il buon esempio, rimasi in servizio anche la notte di Capodanno.

Ma erano giorni difficili. Erano i giorni in cui Dario Fo e Franca Rame avevano fatto scalpore e «scandalo» a *Canzonissima* parlando dei muratori che morivano cadendo dalle impalcature provocando un'ondata di proteste da parte dei benpensanti e, dopo poche puntate, furono bruscamente allontanati dalla trasmissione e per parecchi anni non comparvero più sui teleschermi: un vero e proprio esilio.

A Roma, poi, non mi trovavo bene, mi sentivo come un estraneo e non facevo altro che ripetermi: «Non sei adatto per questo lavoro». Dopo un mese appena, te lo confessai. «Bene, dove andiamo?» fu la tua domanda.

Andai allora da Bernabei e gli dissi: «Guarda, rimango in carica per un anno perché non voglio fare la figura di quello che non ha coraggio». Dopo dodici mesi tolsi puntualmente il disturbo.

Ho preso questa decisione perché mi ero reso conto che a Roma tutto era politica, tutto doveva procedere secondo certi canoni, tutto era già stato stabilito, tutto seguiva una via segnata.

Ma mi chiedevo, perché, conoscendo il mio carattere, Bernabei mi aveva chiamato? Mi piace pensare che l'abbia fatto perché mi considerava un professionista, pur sapendo perfettamente che non ero un tipo maneggevole. Se non si fosse fidato di me, non mi avrebbe affidato la direzione del telegiornale. Con lui avevo un rapporto schietto: discutevamo e, a volte, litigavamo. Oggi dicono che fosse un animale a sangue freddo; no Bernabei era sanguigno, passionale, quando perdeva le staffe diceva addirittura più parolacce di me. Godeva di una certa autonomia perché aveva alle spalle Fanfani, ma non è che avesse vita facile nemmeno lui.

C'era il primo governo di centrosinistra, d'accordo, ma io non dirigevo il telegiornale perché ero «l'uomo di fiducia del Psi». Mi sembra anche giusto ricordare che Aldo Moro, che allora era segretario della Dc, non mi hai mai chiesto nulla, non ho ricevuto una telefonata o una pressione dalla sua segreteria. Molto attivi, in questo senso, erano invece i socialisti; Saragat, poi, aveva addirittura un suo rappresentante all'interno della Rai: Italo De Feo.

La destra, nel frattempo, continuava la sua campagna contro di me e ho corso anche il rischio di essere espulso dagli Stati Uniti perché presentato come un pericoloso comunista. Se gli americani ci avessero creduto, avrei potuto chiudere bottega senza lavorare in quella parte del mondo, la più importante.

In ogni modo continuai a collaborare con la Rai e nel 1962 firmai il primo settimanale della tv italiana: *RT – Rotocalco televisivo*. Pensavo, infatti, che anche la televisione potesse (e dovesse) avere un periodico che raccontasse delle storie.

Il primo grande servizio che andò in onda era dedicato a Willy Brandt e al Muro di Berlino, poi ve ne fu un altro sulla mafia che fece sensazione: ci collegammo con Corleone e tutti i suoi abitanti scesero in piazza. Avevamo anticipato i tempi portando la televisione tra la gente e facendola parlare a braccio.

Che redazione avevo allora alla Rai... Fabiano Fabiani, Ugo Gregoretti (che realizzò per *RT* un indimenticabile servizio su uno dei più antichi e radicati malcostumi italici: la raccomandazione), Sergio Zavoli, che proveniva dalla radio dove era stato autore di alcune trasmissioni veramente memorabili. Ricordo una sua inchiesta sulle suore di clausura di una bellezza e poesia indimenticabili. Insieme abbiamo anche fatto un documentario radiofonico, *Questa sera si vive a soggetto,* in una casa di riposo per vecchi attori. E poi Ugo Zatterin, Iader Iacobelli e Gianni Granzotto con *Tribuna politica.* Gianni apparteneva a una generazione precedente alla mia, era una persona di un'estrema correttezza e non ha mai fatto pesare il potere di cui godeva in quel periodo. C'era anche Emilio Rossi, che successivamente diventò direttore del Tg1 (e vicedirettore generale della Rai nel 1981) e che fu gambizzato dalle Bierre il 3 giugno 1977.

Insomma, tutti noi cercavamo allora di raccontare l'Italia come era e non rifugiandoci nei soliti luoghi comuni. Devo anche dire di non avere mai subìto censure. C'era un tale – non ricordo il suo nome – che veniva a vedere in anteprima *RT*, ma non ebbe mai niente da ridire. Alla direzione interessavano soprattutto l'aspetto politico e quello morale.

Erano gli anni della guerra fredda e il pluralismo – la *par condicio* di allora – era garantito da *Tribuna politica,* dove, però, si verificava con una certa frequenza un fatto piuttosto strano. L'ordine di apparizione dei partiti era regolato da un'estrazione e, incredibile ma vero, l'ultima parola toccava quasi sempre alla Dc. Io non ho mai voluto avere a che fare con quella trasmissione, ma devo confessare che quel fatto mi faceva sorridere.

C'è una frase di Giovanni Agnelli che mi torna spesso in mente e che forse spiega tutto: «Caro Biagi, lo ricordi bene: esistono le fedeltà generazionali...».

Caro Avvocato, grazie per queste parole: non le dimenticherò mai.

XI

GIORNALI E DINTORNI

Se era stato uno sbaglio, cara Lucia, accettare la direzione del telegiornale, nove anni più tardi, dopo avere lasciato la direzione editoriale della Rizzoli, ne ho fatto un altro, la sua fotocopia. Nel 1970, infatti, Attilio Monti mi offrì di dirigere il quotidiano dove ero diventato giornalista, *Il Resto del Carlino*.

Sì, adesso, a distanza di tanti anni, posso dire che è stato un errore, non si dovrebbe mai ritornare dove si è già stati, soprattutto se si è stati felici.

Sembrerà incredibile, ma uno dei motivi che mi fece accettare l'offerta di Attilio Monti fu che là, a Bologna avrei potuto comportarmi come Giulio De Benedetti: lavorava tutto il giorno negli uffici della *Stampa*, ma la sera tornava in campagna dove abitava. Adesso anch'io potevo lavorare al *Resto del Carlino* e cenare la sera a casa mia a Sasso Marconi, parlare con mia madre, sentire gli uccellini cantare sugli alberi del giardino. A volte decisioni molto serie e importanti vengono prese sull'onda emotiva di piccole cose che ci sono care.

C'era ancora, al *Carlino*, qualche vecchio tipografo con cui avevo lavorato tanti anni prima e poi il ricordo di quelli che c'erano stati con me e che mi avevano aiutato, con il loro esempio e i loro consigli. Inoltre, non lo nascondo, tornare nella mia città e fare un lavoro importante mi rendeva orgoglioso.

Il colloquio con il cavalier Monti (dopo «il Presidente» – Arnoldo Mondadori – e il «Commenda» – Angelo

Rizzoli, era la volta del «Cavaliere») fu concreto e improntato alla massima schiettezza. Il Paese, mi disse, stava attraversando un momento un po' particolare (eravamo agli inizi di quegli anni che da «formidabili» divennero poi «di piombo»), in cui uno come me, con idee socialiste, poteva andare anche bene per dirigere il *Resto del Carlino*. Poi una domanda secca: ero iscritto al Psi?

Gli risposi di no: non ero mai stato iscritto ad alcun partito e in realtà ero più a sinistra delle posizioni ufficiali di Pietro Nenni e dei suoi. Proseguii dicendo che ero un socialista non iscritto, un «antipatizzante» socialista piuttosto critico, che credevo, però, aggiunsi, che, senza l'apporto del pensiero socialista e dell'impegno di uomini come Turati, la storia mia e anche quella dell'Italia sarebbero state peggiori.

Lui non batté ciglio e affrontammo l'aspetto economico sul quale raggiungemmo subito l'accordo: nella mia vita non ho mai giocato al rialzo e non ho una particolare simpatia per coloro che lo fanno.

Tornai al *Resto del Carlino* pieno di entusiasmo, con l'idea precisa di trasformarlo in un grande quotidiano nazionale. Ben presto la tiratura cominciò ad aumentare: guadagnammo in breve tempo 23.000 copie, un incremento di tutto rispetto. Ma poi cominciarono i guai.

Un giorno, infatti, mi dissero che avrei dovuto licenziare due colleghi. In questi casi la mia risposta è stata sempre la stessa: «Potete licenziare me, è più facile». Non ho mai mandato via nessuno, ho sopportato di avere intorno anche gente incapace – che mettevo, però, in condizione di non nuocere – perché ero e rimango convinto che in questo Paese guadagnarsi la pagnotta può costituire ancora un problema.

Quella volta chi avrei dovuto cacciare erano due ottimi giornalisti: Maurizio Chierici e Gianfranco Venè, insomma, una cosa che non stava né in cielo né in terra. L'accusa – indecente – era quella di avere scritto pezzi considerati «comunisti».

Mi convocò Monti perché alcuni influenti uomini politici – il socialdemocratico Luigi Preti, soprattutto – insistevano. Preti ce l'aveva con me, in particolare perché avevo pubblicato articoli che, diceva lui, erano di chiara marca comunista (in questo Paese c'è sempre qualcuno che vede comunisti o infiltrati comunisti in tutti i settori: dai giornali alla televisione, alla magistratura. I tempi cambiano, ma i vizi restano). Risultato: un mese dopo fui io a essere allontanato dalla direzione del giornale.

Le cose erano andate in questo modo: a Rimini, in estate, c'era stata una mostra d'arte al Grand Hotel seguita da un *vernissage* al quale aveva partecipato l'allora ministro delle Finanze, Luigi Preti. Dopo la pubblicazione di un articolo che si limitava a raccontare quell'avvenimento mondano, ricevetti una lunga lettera di Luigi Preti che, in tono estremamente risentito, affermava che lui non frequentava il Grand Hotel, che a Rimini viveva in un appartamento ereditato dalla moglie e che pranzava in una pensioncina di terza categoria. Concludeva invitandomi, in tono perentorio, a pubblicare quella lettera che avrebbe, secondo lui, ristabilito la realtà dei fatti.

Mi affrettai ad accontentarlo intitolandola «Gran Hotel» e con l'aggiunta di questo commento: «Auspichiamo che l'onorevole Luigi Preti, commediografo e soggettista di successo, autore di best seller [aveva vinto nel 1964 il Premio Bancarella con il libro *Giovinezza Giovinezza* battendo addirittura Indro Montanelli], grazie all'opera dei socialisti democratici, il prossimo anno possa passare dalla pensioncina di terza categoria almeno a una pensione di seconda».

Questa mia risposta scatenò un putiferio e segnò anche la fine della mia carriera al *Resto del Carlino*.

Tornai, grazie alla generosità che Giovanni e Umberto Agnelli hanno sempre mostrato nei miei confronti, alla *Stampa* come inviato. In questo mio secondo periodo al quotidiano di Torino ho avuto come direttori Arrigo Levi e Alberto Ronchey. Mi sono trovato benissimo con entrambi: sono stato libero di fare il mio lavoro, di girare il mondo, di raccontare ciò che vedevo senza nessuna limitazione.

Nel 1974 fui chiamato al *Corriere della Sera* da Piero Ottone, un'altra delle persone a cui devo molta gratitudine. Era un ottimo direttore di giornale e non sono d'accordo con quanto ha scritto di lui Enzo Bettiza in *Via Solferino*. E poi i libri dei giornalisti, quando raccontano storie che vedono coinvolti altri giornalisti, sono sempre discutibili perché si parla di vicende che alla fine sono personali.

Lavoravo con piacere al *Corriere* quando scoppiò lo scandalo legato alla P2. Decisi immediatamente di andarmene perché, lo dico sinceramente, non mi sentivo più a mio agio.

Ricordo ancora che un giorno Raffaele Fiengo mi seguì perfino in bagno piangendo e supplicandomi: «Non ci lasciare, Enzo, non ci lasciare...». Gli risposi che dovevo farlo perché quello non era più il vecchio *Corriere*, che per la sua integrità era sempre stato – anche ai tempi oscuri del fascismo – il più autorevole quotidiano del nostro Paese.

Quando lasciai via Solferino, ero disoccupato. Dopo pochi giorni ricevetti, non sollecitata, una proposta dalla *Stampa* e una da *Repubblica*. Risposi all'avvocato ringraziandolo per l'ennesima prova della sua stima, ma scelsi *Repubblica*, giornale nazionale. Capì le mie ragioni e non mi serbò alcun rancore.

Così ebbe inizio la mia collaborazione con il quotidiano fondato e allora ancora diretto da Eugenio Scalfari. Per alcuni anni tutto procedette bene finché – era il 1989 – venne fatto il bilancio degli articoli che in quell'anno avevano contato e, di conseguenza, rafforzato l'autorevolezza di *Repubblica* (che contendeva il ruolo di primo quotidiano nazionale al *Corriere*): risultò, incredibile ma vero, che io non avevo fatto *niente*. A questo punto per me era diventato impossibile rimanere a *Repubbli-*

ca. D'accordo, potrò essere permaloso e orgoglioso, ma se non servo, se non ne imbrocco una, che cosa ci sto a fare in un giornale? E così decisi, ancora una volta, di togliere il disturbo.

Scalfari era a Mosca, mi telefonò, era molto dispiaciuto per la mia decisione; è stato molto gentile, ha cercato anche di mediare, ma non potevo proprio scendere a compromessi. Ho un carattere non facile, lo ammetto e certi lo dicono, però pago sempre i miei conti e corro in proprio e non per altri.

Ho collaborato, in seguito, a *Panorama* e all'*Espresso* (ci scrivo ancora) e poi sono tornato al mio giornale, il *Corriere*, dove quello che scrivo è tutto e soltanto colpa mia: Cesare Romiti, Ugo Stille, Paolo Mieli, Ferruccio de Bortoli, Stefano Folli mi hanno sempre garantito (e mi garantiscono) la massima libertà. Io rispondo di persona – e il caso Rai lo ha dimostrato – di quello che faccio e che scrivo e in via Solferino non mi hanno mai chiesto di indossare una casacca.

Non mi piace chi parla o scrive per conto terzi, chi presta consapevolmente la propria copertura a interessi altrui. Può darsi benissimo che le idee di un giornalista coincidano con quelle di un industriale o di un politico o di un imprenditore sceso in campo, ci mancherebbe altro. Ce ne sono poi alcuni – non lo dico io, l'ha detto James Reston, una delle più autorevoli firme del *New York Times* – che hanno il loro dittatore preferito. Perché no? Credo che, in fondo, se uno lo dichiara apertamente faccia benissimo.

Tutti noi valutiamo le cose secondo un certo punto di vista e tutti noi dobbiamo fare i conti con la nostra biografia: conta non solo quello che siamo, ma anche quello che siamo stati, le famose fedeltà generazionali di cui mi parlava l'avvocato Agnelli. E allora io nel 1944, ho scoperto il Partito d'Azione ai cui ideali – coniugare la giustizia con la libertà – ancora oggi mi ostino a rimanere fedele.

L'ho già detto, Lucia, sono un provinciale e lo sono ancora oggi. E te lo dimostro raccontandoti due storie brevi, ma, almeno per me, estremamente significative.

Quando si è sposata la principessa Elisabetta d'Inghilterra ero a Londra con Enrico Emanuelli. A un certo punto gli dico: «Dài, andiamo nella cattedrale a vedere dove si inginocchieranno Elisabetta e Filippo, andiamo a parlare con il sagrestano». E lui: «Sei matto da legare». «Cosa ci costa?» ribatto io. «Proviamo, al massimo ci dicono di no.» Siamo entrati nella cattedrale, abbiamo allungato un paio di sterline di mancia al sagrestano e ci siamo inginocchiati proprio dove lo avrebbe fatto la coppia principesca. Ecco, la mia testa funziona in questo modo.

Secondo episodio: i sovietici avevano invaso la Cecoslovacchia e mi incontro all'aeroporto con Sergio Zavoli. «Dove vai?» gli chiedo. «A Praga» fa lui. «Lascia perdere, tempo sprecato. Vieni con me, andiamo a Bucarest. C'è Ceausescu che rivolgerà un discorso al Parlamento, dobbiamo andare a sentirlo.»

Raggiungiamo la capitale rumena e arriva il momento di andare al palazzo, la paura che non ci facciano entrare. Gli dico: «Guarda che conosco un tizio che con la tessera del tram di Bologna ha seguito le Olimpiadi di Berlino dalla tribuna d'onore, riusciva a vedere anche Hitler». Ci facciamo portare da un taxi al Parlamento, entriamo, vediamo un palco con l'ingresso isolato da un cordone rosso e allora dico: «Questo è certamente il palco riservato alla signora Ceausescu. Dài, Sergio, seguimi». Siamo entrati con disinvoltura, la signora Ceausescu prima ci ha guardati stupefatta, poi ci ha sorriso con cordialità. «Questi due» avrà immaginato «forse sono i rappresentanti degli Stati Uniti.»

Ecco, Lucia, sono fatto così. Penso che tutti gli uomini piangano nello stesso modo e siano uguali tra loro. Quello che non riesco a sopportare sono certe forme di prepotenza, la prepotenza del potere, del denaro, dell'autorità, della certezza di essere al di sopra della legge morale e penale; non sopporto i potenti che, impunemente, umiliano gli altri.

Contro di loro mi sono sempre battuto apertamente e continuo a farlo anche oggi perché non bisogna mai rinunciare ai propri princìpi. Anche tu la pensavi così.

XII
AFFETTI

Cara Lucia, ormai questa lettera che ti scrivo per illudermi di essere ancora con te, di parlarti, di sentire la tua voce rispondermi, sta avviandosi alla conclusione. Non sono solo, perché tu sei sempre stata con me mentre ripercorrevo con la memoria quello che è stata la nostra vita.

Qualcuno potrà stupirsi perché questo racconto non ti ha posto in primo piano, non ti ha illuminato come la protagonista. Accade così di questi tempi: in tanti, troppi, confondono l'«apparire» con l'«essere» mentre tu, assieme alle nostre figlie, sei stata la persona che maggiormente ha contato nella mia esistenza. Con discrezione mi sei stata vicino, come dicono, nella gioia e nel dolore, hai saputo consigliarmi, mi hai spinto a non cedere nei momenti di sconforto e di dolore. Tu Lucia, hai sempre pensato molto agli altri, poco a te stessa.

Quando la malattia ti stava allontanando da noi, dicevi alle nostre figlie: «Mi raccomando papà»; e poi a me: «Enzo, stai vicino alle ragazze e ai nostri nipoti».

Tu mi hai regalato la cosa più grande che una moglie possa donare al suo uomo: la sicurezza, la certezza che qualsiasi cosa avessi combinato, tu saresti stata dalla mia parte. E questa fedeltà l'hai trasmessa anche a Bice, a Carla, ad Anna. Mi hai idealmente seguito ovunque e in ogni momento e la mia, come abbiamo visto, non è stata una vita semplice o facile.

Spesso, anche oggi, ho avuto i politici schierati contro

(da Bettino Craxi a Silvio Berlusconi, troppo onore!); sono sempre stato dalla parte di quelli che non vincono, di quelli che difendono certi princìpi e valori di uguaglianza, di onestà, di decenza e mi hanno definito «un moralista un tanto al chilo» o uno che faceva un uso «criminoso» della sua trasmissione televisiva. Bene, qualunque decisione abbia preso – di non rimanere in un giornale o di affrontare certi rischi – non ho mai avuto la preoccupazione di chiedermi: «Ma a casa che cosa diranno?».

Ti ho sempre parlato di tutto questo con schiettezza, e l'ho fatto anche con le nostre figlie. E dalle vostre parole, dal vostro comportamento, ho sempre saputo che, se avessi guadagnato dieci, avremmo vissuto con dieci; se avessi guadagnato cinque, avremmo vissuto con cinque.

La nostra vita, poi, è stata determinata al novanta per cento dagli altri. Sono convinto, infatti, che le vite di tutti siano condizionate da fatti che uno non immagina neppure. È anche vero quel detto che afferma: «Per ogni uomo che incontri, qualcosa in te nasce e qualcosa in te muore». Inoltre, nel bene e nel male, ci portiamo dietro la nostra storia, quello che noi siamo. Per quanto mi riguarda, avrei anche potuto continuare a fare il cronista al *Resto del Carlino*. Non ho mai avuto, per quanto qualcuno lo pensi, la smania di fare carriera. Se l'avessi avuta, non mi sarei certo comportato come ho fatto. Per me fare il mestiere che avevo scelto, quello di giornalista, ha sempre significato raccontare la storia giusta al momento giusto.

Non abbiamo mai fatto vita sociale: la sera io esco di casa solo se ho degli impegni di lavoro che non riesco a evitare, e tu hai accettato questo stile di vita schivo e riservato: non ti interessavano i salotti, le prime, la mondanità. In fondo siamo rimasti quei ragazzi che eravamo quando ci siamo sposati: tu una perfetta donna di casa, io uno che ama avere una giornata intensa, ma scandita da orari precisi, quasi da travet.

E questo ci ha permesso di seguire nel loro cammino

le nostre figlie, star loro vicini, trasmettere quelle piccole ma grandi cose nelle quali tu e io credevamo: l'operosità, il rispetto di se stessi e degli altri, il disinteresse.

Bice, Carla, Anna. Le nostre bambine, le nostre ragazze che sono cresciute e hanno fatto la loro parte nella vita. Bice, secondo quello che dicono, è quella che, per il carattere, mi somiglia di più. Carla, invece, ha preso da te, Lucia. E Anna, Anna ti ha raggiunto troppo presto, lasciandomi nel dolore e ancora incredulo perché non so rassegnarmi alla sua scomparsa. Di lei dicevano che ricordasse mia madre, che d'altronde l'adorava.

Bice ha voluto fare il mio mestiere e ora dirige un settimanale; Carla ha sposato Stefano Jesurum, e la loro Rachele è di religione ebraica, e continua a dirigere il negozio di abiti per bambini che aveva aperto con Anna.

Prima che Anna morisse ero felice perché i suoi due figli – Pietro e Marina – sono adottivi e lei li aveva voluti con uno slancio irrefrenabile di generosità. Ora, e sono diventati grandi, con la sua morte hanno perso la madre per la seconda volta.

Te l'ho detto, Lucia, penso che la mia vita sia stata felice, ma nel giro di un anno terribile ho dovuto pagare il prezzo di tutto: tu mi hai lasciato, Anna è morta all'improvviso, sono stato calunniato e offeso nel lavoro.

E così, per trovare un equilibrio accettabile, mi sono immerso ancora di più nel fare – come diceva mia madre – il compito quotidiano. Ogni mattina vado puntuale nel mio studio sopra la Libreria Rizzoli e smetto soltanto quando ha già fatto buio.

Mi piace, lo sai, lavorare lì. Se quando scrivo mi viene un dubbio, scendo, consulto qualche libro e lo risolvo. È il quartier generale mio e di Pierangela Bozzi, la mia collaboratrice insostituibile. Senza di lei avrei scritto la metà di quello che ho fatto: è la mia memoria, il mio archivio, il mio computer. Sa, ad esempio, che ho l'ossessione delle ripetizioni e allora, se in un articolo scrivo

per due volte la parola «porta», lei, implacabile e ineso-
rabile come il destino, me lo restituisce e, indicando il
termine incriminato con il ditino, mi dice: «Dottor Biagi, ma qui "porta" è ripetuto due volte». È lei poi che, in
qualche modo, regola la mia giornata. Se per caso le
chiedo: «Che cosa devo fare oggi?», lei risponde imper-
turbabile: «Tre cartelline e tre righe». Per noi, da molti
anni ormai, è della nostra famiglia a tutti gli effetti, una
vera grande amica.

Gli amici. Anche in questo sono stato fortunato: ho incontrato persone eccezionali che mi hanno dato moltissimo. Ho già parlato di Federico Fellini, un compagno
straordinario, ma come non ricordarne altri?

Lamberto Sechi, avevamo diciotto anni quando facevamo la rivista del Guf; mi sembra di conoscerlo da sempre. Non ci siamo mai persi di vista come capita abbastanza spesso con i compagni di gioventù e poi ti viene
anche il rimorso: «Ma com'è stato possibile? Non l'ho
più visto».

Ottavio Missoni, una persona straordinaria, un falso
naïf perché è un lettore formidabile ed è sempre informato su tutto e su tutti. Generoso, campione olimpioni-
co di atletica leggera, gentiluomo squisito. Tutte le setti-
mane veniva a cena da noi e mangiava quello che c'era
senza tanti problemi.

Gaetano Afeltra, umanissimo e capace di scrivere in
modo stupendo. Ci sono alcuni suoi pezzi degni del mi-
glior Čechov. Quei ricordi della provincia del Sud, della
sua giovinezza in una famiglia borghese, figlio di un avvocato segretario comunale, il ritratto della madre, della
sua casa ad Amalfi. Senti anche gli odori e i sapori della
cucina. Gaetanino, poi, è dotato di quella sensibilità tipi-
ca di certi meridionali che noi non possediamo: capisce
al volo e in modo profondo i fatti e la psicologia di chi
gli sta davanti.

Renato Zambonelli vende automobili a Bologna. Non
potrò mai dimenticarlo; quando da piccola la nostra Bi-

ce fu colpita da un attacco di peritonite – si è salvata per miracolo – lui mi chiese: «Ti servono soldi?», e senza aspettare la mia risposta mi diede le duecentomila lire di cui avevo bisogno.

Pietro Garinei, l'ho conosciuto quando era venuto a Bologna con una compagnia che metteva in scena riviste con Rascel e Sandro Giovannini. Che tipi. Mi dicevano: «Lascia il natio borgo selvaggio e vieni a Roma con noi!». Niente da fare: ci sono andato più tardi e, ti ricordi?, non è stata un'esperienza proprio esaltante. Mi telefona tutte le domeniche e d'estate viene a trovarci a Pianaccio.

Giorgio Fattori, anche lui compagno di giovinezza. Ci siamo conosciuti nel 1947 al Giro d'Italia. Io scrivevo pezzi di colore per *Stadio,* lui era inviato della *Gazzetta dello Sport.* Un grandissimo giornalista non solo sportivo. Mi ricordo quasi a memoria uno dei suoi pezzi: «Alle cinque della sera Coppi ha mollato Bartali». Durante quel Giro, un giornalista della *Gazzetta* che allora andava per la maggiore, scrisse: «Sotto quelle mutandine batte un cuore d'atleta...». Alla partenza della tappa da Genova, un giovane papà che teneva il suo figlioletto per mano si avvicinò alla macchina di Giorgio dove stava anche il direttore della *Gazzetta.* «Chi è il direttore?» chiese con aria cortese. «Io, io, sono io!» rispose il personaggio battendosi il petto come Tarzan. E il padre al bambino: «Guardalo bene, figlio mio, perché una testa di cazzo del genere non la vedrai mai più in vita tua!».

Il lavoro offre anche un'altra grande possibilità: quella di incontrare persone con le quali stabilisci oltre al normale rapporto professionale un legame più profondo. È andata così, per me, con Loris Mazzetti, un bravissimo regista della Rai che mi ha seguito in diverse mie avventure e, soprattutto, è stato con me per le 834 puntate de *Il fatto,* permettendomi di raccontare agli italiani verità anche scomode. Da quando ho dovuto abbandonare la Rai continua a restarmi vicino con il suo affetto e la sua amicizia.

Vittorio D'Aiello, l'avvocato. Tutti i sabati – era diventato un rito – andavo a pranzare con lui e con altri amici e uno dei divertimenti preferiti era quello di fare le pulci a quello che avevamo scritto durante la settimana. Una cosa lo mandava in estasi: stuzzicare Sechi. «Tu sei stato fascista!» gli diceva. E Lamberto, che non lo era mai stato, diventava una belva. Avevo un bel dirgli: «Non cadere nella provocazione; fai il suo gioco!», tutto inutile, era il loro teatrino.

Giuseppe Folli, un cardiologo di fama internazionale che mi ha salvato la vita ed è uno dei miei più cari amici. Fu lui a scoprire che nella mia «pompa» c'era qualcosa che non andava e a mandarmi a Londra a farmi operare. Quando entrai da solo nella stanza della clinica trovai una bellissima pianta con un bigliettino: «I tuoi colleghi di lavoro per dirti che ti vogliono bene». Chiusi la porta e mi misi a piangere.

Mi hanno operato di sera, ero intontito: l'ultimo ricordo che ho sono le parole di Folli («Sta' tranquillo, vengo con te»), la sua stretta di mano, lo sfavillio della grande lampada della sala operatoria e la voce di uno sconosciuto, un medico o un infermiere, che diceva: «No fear, boy – Non avere paura, ragazzo».

Sì, ho avuto molti amici, e voglio concludere questa breve galleria di ritratti – scusandomi con chi ho dimenticato – ricordando un uomo che, con la sua scomparsa, ha lasciato un vuoto incolmabile nel giornalismo italiano: Indro Montanelli.

Tutto nella sua vita è stato insolito. A cominciare dal nome: Indro. Lo pretese suo padre, che all'anagrafe non era da meno: Sestilio. Era sempre imprevedibile. Avrebbe dovuto fare il diplomatico, e se c'era uno che mancava di prudenza era proprio lui. Qualcuno diceva che era fascista, mentre risultava tale solo per gli anni che aveva vissuto, tanto è vero che i camerati di Salò lo condannarono a morte. Era un liberale, secondo le etichette correnti, ma, per me, le sue simpatie andavano agli anarchici: era un individualista sfrenato.

Dei soldi non gli importava niente, gli servivano per sentirsi più libero. Del resto aveva pochissimi bisogni: non gli piaceva neppure mangiare, fumava una sigaretta ogni tanto – quasi sempre degli altri – e andava qualche volta a vedere la Fiorentina allo stadio. Non era per nulla arrogante, piuttosto malinconico. Se gli scappava la battuta cattiva era per il gusto toscano dello sberleffo. Massimo dell'offesa: «Poveraccio, gli è un bischero». Era capace di gentilezze finissime e di vere fedeltà.

Ricordo che una sera a Cortina – allora avevo una lesione a un polmone e per due anni mi sono dovuto curare con il pneumotorace – quasi deliravo per la febbre. Non si trovava un medico, ma lui era riuscito a scovare chissà dove un pediatra e l'ha trascinato personalmente nella mia stanza perché mi visitasse.

La sera prima che morisse, passai come ogni giorno alla clinica milanese dove era ricoverato. «Questa non è una visita, è un'ispezione» gli dissi. «Come ti sei comportato oggi?» Mi fissò per un lungo istante con i suoi occhi azzurri e pronunciò solo due parole: «Che botta!». Poi si girò su un fianco e rimase in silenzio.

Qualche mese fa, la sua città natale, Fucecchio, mi ha conferito la cittadinanza onoraria. Terminata la breve cerimonia, ho chiesto che mi accompagnassero davanti alla sua urna e ho voluto, suscitando un certo imbarazzo, che mi lasciassero solo con lui. «Indro,» gli ho detto «ma hai visto come siamo ridotti?»

Ecco, Lucia: questa è stata la mia vita con te. Una vita felice per quanto è possibile e perché forse abbiamo voluto che tale fosse. Il primo articolo della Costituzione americana, che ammiro, recita: «Ognuno ha il diritto di battersi per la propria felicità», non dice che si ha il diritto di averla. Tutto deve essere conquistato e ogni cosa ha un prezzo, ed è immorale parlare della felicità come di una cosa che è a portata di mano, perché non è vero.

Se uno guarda alla sua vita con occhio lucido, non c'è un giorno in cui possa dire di essere stato completamente felice: io, almeno, non lo ricordo. Quando Bice, Carla e Anna erano piccole, ho letto loro dei versi di Trilussa: «C'è un'ape che si posa / su un bocciolo di rosa: lo succhia e se ne va... / Tutto sommato, la felicità / è una piccola cosa.» Quindi bisogna apprezzare quello che ti danno i piccoli piaceri: il resto ci può anche stare, ma è un di più.

Per quanto mi riguarda, arrivato quasi al traguardo, rifarei tutto quello che ho fatto. E questo forse anche perché credo che le nostre figlie possano dire: «Sì, papà ha fatto questo o quello, ma era sempre in buonafede».

Cara Lucia, ascolta: è il vento. Arriva dal torrente che corre sotto la nostra casa e si infrange sui sassi macchiati dal muschio. E si spegne sui muri di pietra che i miei vecchi murarono per farne un rifugio, quello che oggi accoglie anche i nostri nipoti.

Ci sei entrata da ragazza e da giovane sposa: ha protetto le nostre paure e le nostre ore felici. Ora, con Anna, sei tornata quassù per sempre. Non so se è vero che risorgeremo, ma so che l'appuntamento potrebbe essere qui.

Chissà se mi puoi sentire: io non ti ho mai cercata tanto. Dicono che il primo amore non si scorda mai, soprattutto, penso, quando è anche l'ultimo.

Pianaccio, agosto 2003

INDICE DEI NOMI

Biagi Franci, Giuseppina 30, 36, 98

Biagi Ghetti, Lucia 9-10, 13, 19, 23, 35, 38, 45-46, 49, 53, 59-60, 65-69, 71-72, 75, 78, 80, 82, 84-85, 89-90, 92, 96, 102, 130, 137, 139, 149, 161, 171, 179, 181, 183, 187, 188

Biagi, Gigi 25, 35, 45

Biagi, Marco don 14

Biagi, Marco (nonno) 23-24

Biagi, Olindo 19

Binda, Assetta 164

Blum, Léon 127

Bodoni, Giambattista 115

Bonetti, Mario 41

Bongiorno, Mike 164

Bosdari, contessa Jeanne de 133

Bossi, Umberto 46

Bottai, Giuseppe 112

Bozzi, Pierangela 183

Brancati, Vitaliano 115

Brandt, Willy 43, 167

Brasa, Giuseppina, 15, 30, 36

Buddha 101

Buonarroti, Michelangelo 144

Cadranel, 52-53

Caldwell, Erskine 79

Campanile, Achille 107

Cappelli, Carlo Alberto 27

Carducci, Giosue 121

Carrieri, Raffaele 81

Caruso, Enrico 41

Ceausescu, Elena 176

Ceausescu, Nicolae 145, 176

Cecchi, Emilio 117

Céline, Louis-Ferdinand, pseud. di L.-F. Destouches 107

Cesarini, Ezio 56

Chaplin, Charlie (Charlot) 108

Chierici, Maurizio 172

Chinellato, Carletto 57-58

Chruščëv, Nikita Sergeevič 125, 128

Churchill, Winston 77, 84

Ciano, Galeazzo 104, 111-12

Clair, René 43

Clemenceau, Georges 104

Comencini, Luigi 143

Confucio 101

Consolo, tenente colonnello 40

Coppi, Fausto 139, 185

Coppola, Goffredo 51

Corazza, Corrado 52

Craxi, Bettino 182

Crespi, famiglia 106

Crespi, Giulia Maria 106

Croce, Benedetto 119, 122-23, 126

Criscuolo, commissario, 55

Cronkite, Walter 138

D'Aiello, Vittorio 186

D'Annunzio, Gabriele 82, 112, 121-22, 133

Davis, Bette 113

De Benedetti, Giulio 84, 89, 91, 137-39, 171

De Bernardi, Mario 37

de Bortoli, Ferruccio 175

De Chirico, Giorgio 156

De Feo, Italo 166

De Gasperi, Alcide 108-09, 114, 129
De Gaulle, Charles 127
De Sanctis, Gigi 142
De Sanctis, Giuseppe 38
De Sica, Vittorio 143
del Buono, Oreste 142
Della Volpe, Galvano 54
Di Giacomo, Salvatore 122
Diaz, Armando 40
Dietrich, Marlene 93
Dumini, Amerigo 110
Dursi, Massimo 78

Einaudi, Luigi 123
Einstein, Albert 108
Eliot, Thomas Stearns 118
Elisabetta II, regina d'Inghilterra 76-77, 80, 127, 176
Emanuelli, Enrico 77, 80, 176
Engels, Friedrich 39
Epicuro 51
Erenburg, Il'ja 7

Fabiani, Fabiano 167
Fabrizi, Aldo 79
Fallaci, Bruno 67, 80, 81
Fallaci, Oriana 67
Fanfani, Amintore 166
Faraboli, Giovanni 109
Fattori, Giorgio 82, 185
Fellini, Federico 37, 78, 142-44, 150-51, 184
Fermo, Enrico 93, 108
Ferrari, Enzo 150
Ferrata, Giansiro 118
Fiengo, Raffaele 174
Filippo di Mountbatten 76, 176

Filippo Mountbatten, duca d'Edimburgo 129
Fiorentini, Ivo 81
Flaiano, Ennio 78, 115
Fo, Dario 165
Folli, Giuseppe 186
Folli, Stefano 175
Forges Davanzati, Roberto 37
Fornasini, Giovanni 14
Foyn, Sven 113
Franco Bahamonde, Francisco 85, 112
Frank, Anna 163
Fucini, Renato 23

Gabin, Jean 95
Galilei, Galileo 94
Galvani, Luigi 93
Garibaldi, Giuseppe 52
Garinei, Pietro 185
Gatto, Alfonso 81-82
Gentile, Giovanni 123
Germi, Pietro 80
Giglio, Tommaso 82
Giorgio VI, re d'Inghiltera 77
Giovanni Paolo II, papa 71, 149
Giovannini, Sandro 185
Giulio II, papa 144
Gobetti, Piero 119
Gogol', Nikolaj Vasil'evič 127
Goretti, Maria 100
Gor'kij, Maksim, pseud. di Aleksej Maksimovič Peškov 51
Grandi, Dino 39, 56, 111
Granzotto, Gianni 167

INDICE

Finito di stampare nel febbraio 2006 presso
il Nuovo Istituto Italiano d'Arti Grafiche - Bergamo
Printed in Italy

75
120
173 ++